杭州优秀传统文化丛书

Hangzhou Youxiu Chuantong Wenhua Congshu

一城诗韵

周掌胜　蒋丹馨——著

杭州出版社

图书在版编目（CIP）数据

一城诗韵 / 周掌胜，蒋丹馨著 . -- 杭州 : 杭州出版社，2022.8
（杭州优秀传统文化丛书）
ISBN 978-7-5565-1671-1

Ⅰ . ①一… Ⅱ . ①周… ②蒋… Ⅲ . ①古典诗歌—诗集—中国 Ⅳ . ① I222

中国版本图书馆 CIP 数据核字（2022）第 008266 号

Yi Cheng Shi Yun

一城诗韵

周掌胜　　蒋丹馨 / 著

责任编辑　何智勇
装帧设计　李轶军　祁睿一
美术编辑　祁睿一
责任校对　陈铭杰
责任印务　屈　皓
出版发行　杭州出版社（杭州市西湖文化广场32号6楼）
　　　　　　电话：0571-87997719　邮编：310014
　　　　　　网址：www.hzcbs.com
排　　版　浙江时代出版服务有限公司
印　　刷　天津画中画印刷有限公司
经　　销　新华书店
开　　本　710 mm × 1000 mm　1/16
印　　张　14.75
字　　数　185千
版 印 次　2022年8月第1版　2022年8月第1次印刷
书　　号　ISBN 978-7-5565-1671-1
定　　价　58.00元

序 言

文化是城市最高和最终的价值

我们所居住的城市，不仅是人类文明的成果，也是人们日常生活的家园。各个时期的文化遗产像一部部史书，记录着城市的沧桑岁月。唯有保留下这些具有特殊意义的文化遗产，才能使我们今后的文化创造具有不间断的基础支撑，也才能使我们今天和未来的生活更美好。

对于中华文明的认知，我们还处在一个不断提升认识的过程中。

过去，人们把中华文化理解成"黄河文化""黄土地文化"。随着考古新发现和学界对中华文明起源研究的深入，人们发现，除了黄河文化之外，长江文化也是中华文化的重要源头。杭州是中国七大古都之一，也是七大古都中最南方的历史文化名城。杭州历时四年，出版一套"杭州优秀传统文化丛书"，挖掘和传播位于长江流域、中国最南方的古都文化经典，这是弘扬中华优秀传统文化的善举。通过图书这一载体，人们能够静静地品味古代流传下来的丰富文化，完善自己对山水、遗迹、书画、辞章、工艺、风俗、名人等文化类型的认知。读过相关的书后，再走进博物馆或观赏文化景观，看到的历史遗存，将是另一番面貌。

过去一直有人在质疑，中国只有三千年文明，何谈五千年文明史？事实上，我们的考古学家和历史学者一直在努力，不断发掘的有如满天星斗般的考古成果，实证了五千年文明。从东北的辽河流域到黄河、长江流域，特别是杭州良渚古城遗址以距今5300—4300年的历史，以夯土高台、合围城墙以及规模宏大的水利工程等史前遗迹的发现，系统实证了古国的概念和文明的诞生，使世人确信：这里是古代国家的起源，是重要的文明发祥地。我以前从来不发微博，发的第一篇微博，就是关于良渚古城遗址的内容，喜获很高的关注度。

我一直关注各地对文化遗产的保护情况。第一次去良渚遗址时，当时正在开展考古遗址保护规划的制订，遇到的最大难题是遗址区域内有很多乡镇企业和临时建筑，环境保护问题十分突出。后来再去良渚遗址，让我感到一次次震撼：那些"压"在遗址上面的单位和建筑物相继被迁移和清理，良渚遗址成为一座国家级考古遗址公园，成为让参观者流连忘返的地方，把深埋在地下的考古遗址用生动形象的"语言"展示出来，成为让普通观众能够看懂、让青少年学生也能喜欢上的中华文明圣地。当年杭州提出西湖申报世界文化遗产时，我认为这是一项需要付出极大努力才能完成的任务。西湖位于蓬勃发展的大城市核心区域，西湖的特色是"三面云山一面城"，三面云山内不能出现任何侵害西湖文化景观的新建筑，做得到吗？十年申遗路，杭州市付出了极大的努力，今天无论是漫步苏堤、白堤，还是荡舟西湖里，都看不到任何一座不和谐的建筑，杭州做到了，西湖成功了。伴随着西湖申报世界文化遗产，杭州城市发展也坚定不移地从"西湖时代"迈向了"钱塘江时代"，气势磅礴地建起了杭州新城。

从文化景观到历史街区，从文物古迹到地方民居，众多文化遗产都是形成一座城市记忆的历史物证，也是一座城市文化价值的体现。杭州为了把地方传统文化这个大概念，变成一个社会民众易于掌握的清晰认识，将这套丛书概括为城史文化、山水文化、遗迹文化、辞章文化、艺术文化、工艺文化、风俗文化、起居文化、名人文化和思想文化十个系列。尽管这种概括还有可以探讨的地方，但也可以看作是一种务实之举，使市民百姓对地域文化的理解，有一个清晰完整、好读好记的载体。

传统文化和文化传统不是一个概念。传统文化背后蕴含的那些精神价值，才是文化传统。文化传统需要经过学者的研究提炼，将具有传承意义的传统文化提炼成文化传统。杭州与丛书作者在创作方面作了种种古为今用、古今观照的探讨交流，还专门增加了"思想文化系列"，从杭州古代的商业理念、中医思想、教育观念、科技精神等方面，集中挖掘提炼产生于杭州古城历史中灵魂性的文化精粹。这样的安排，是对传统文化内容把握和传播方式的理性思考。

继承传统文化，有一个继承什么和怎样继承的问题。传统文化是百年乃至千年以前的历史遗存，这些遗存的价值，有的已经被现代社会抛弃，也有的需要在新的历史条件下适当转化，唯有把传统文化中这些永恒的基本价值继承下来，才能构成当代社会的文化基石和精神营养。这套丛书定位在"优秀传统文化"上，显然是注意到了这个问题的重要性。在尊重作者写作风格、梳理和讲好"杭州故事"的同时，通过系列专家组、文艺评论组、综合评审组和编辑部、编委会多层面研读，和作者虚心交流，努力去粗取精，古为今用，这种对文化建设工作的敬畏和温情，值得推崇。

人民群众才是传统文化的真正主人。百年以来，中华传统文化受到过几次大的冲击。弘扬优秀传统文化，需要文化人士投身其中，但唯有让大众乐于接受传统文化，文化人士的所有努力才有最终价值。有人说我爱讲"段子"，其实我是在讲故事，希望用生动的语言争取听众。今天我们更重要的使命，是把历史文化前世今生的故事讲给大家听，告诉人们古代文化与现实生活的关系。这套丛书为了达到"轻阅读、易传播"的效果，一改以文史专家为主作为写作团队的习惯做法，邀请省内外作家担任主创团队，组织文史专家、文艺评论家协助把关建言，用历史故事带出传统文化，以细腻的对话和情节蕴含文化传统，辅以音视频等其他传播方式，不失为让传统文化走进千家万户的有益尝试。

中华文化是建立于不同区域文化特质基础之上的。作为中国的文化古都，杭州文化传统中有很多中华文化的典型特征，例如，中国人的自然观主张"天人合一"，相信"人与天地万物为一体"。在古代杭州老百姓的认知里，由于生活在自然天成的山水美景中，由于风调雨顺带来了富庶江南，勤于劳作又使杭州人得以"有闲"，人们较早对自然生态有了独特的敬畏和珍爱的态度。他们爱惜自然之力，善于农作物轮作，注意让生产资料休养生息；珍惜生态之力，精于探索自然天成的生活方式，在烹饪、茶饮、中医、养生等方面做到了天人相通；怜惜劳作之力，长于边劳动，边休闲娱乐和进行民俗、艺术创作，做到生产和生活的和谐统一。如果说"天人合一"是古代思想家们的哲学信仰，那么"亲近山水，讲求品赏"，应该是古代杭州人的生动实践，并成为影响后世的生活理念。

再如，中华文化的另一个特点是不远征、不排外，这体现了它的包容性。儒学对佛学的包容态度也说明了这一点，对来自远方的思想能够宽容接纳。在我们国家的东西南北甚至是偏远地区，老百姓的好客和包容也司空见惯，对异风异俗有一种欣赏的态度。杭州自古以来气候温润、山水秀美的自然条件，以及交通便利、商贾云集的经济优势，使其成为一个人口流动频繁的城市。历史上经历的"永嘉之乱，衣冠南渡"，"安史之乱，流民南移"，特别是"靖康之变，宋廷南迁"，这三次北方人口大迁移，使杭州人对外来文化的包容度较高。自古以来，吴越文化、南宋文化和北方移民文化的浸润，特别是唐宋以后各地商人、各大商帮在杭州的聚集和活动，给杭州商业文化的发展提供了丰富营养，使杭州人既留恋杭州的好山好水，又能用一种相对超脱的眼光，关注和包容家乡之外的社会万象。这种古都文化，也代表了中华文化的包容性特征。

城市文化保护与城市对外开放并不矛盾，反而相辅相成。古今中外的城市，凡是能够吸引人们关注的，都得益于与其他文化的碰撞和交流。现代城市要在对外交往的发展中，进行长期和持久的文化再造，并在再造中创造新的文化。杭州这套丛书，在尽数杭州各色传统文化经典时，有心安排了"古代杭州与国内城市的交往""古代杭州和国外城市的交往"两个选题，一个自古开放的城市形象，就在其中。

"杭州优秀传统文化丛书"团队在传统和现代的结合上，想了很多办法，做了很多努力。传统文化丛书要得到广大读者接受，不是件简单的事。我们已经走在现代化的路上，传统和现代的融合，不容易做好，需要扎扎实实地做，也需要非凡的创造力。因为，文化是城市功能的最高价值，也是城市功能的最终价值。从"功能城市"走向"文化城市"，就是这种质的飞跃的核心理念与终极目标。

2020 年 9 月

（单霁翔，中国文物学会会长）

西湖雨泛图（局部）

目　录

一、未能抛得杭州去[①]
——白居易的杭州情结

1. 调离京城，白居易来到杭州工作

时天子荒纵不法，执政非其人，制御乖方，河朔复乱。居易累上疏论其事，天子不能用，乃求外任。七月，除杭州刺史。[②]

唐长庆二年（822）七月初的京城长安，太阳像火炉一样烧得正旺，室外的热浪一次次地将人们逼回家中，整个街道只剩下夏日斗士知了还在声声诠释着夏的酷热。就在这炎热难耐的傍晚，我们的大诗人白居易正在家中坐立难安，整理着自己混乱的思绪……

在长安的这两年里，自己虽有过三次升迁，但国事却日渐不堪。地方上，割据一方、尾大不掉的藩镇不时反抗朝廷，挑起战祸，导致百姓流离失所。朝廷里，皇帝昏聩，宦官专政，朋党倾轧，明争暗斗，连自己的好朋友元稹也被裹挟了进去，而自己倾尽心血写就的奏折，呈递上去后却总是石沉大海，得不到任何回复。虽然身处这火热的长安城，但白居易的心里却满是凉意。终于，他下定了离开这是非之地、伤心之地的决心。

① "未能抛得杭州去"，出自白居易的《春题湖上》。
② 〔五代〕刘昫：《旧唐书·白居易传》，中华书局，1975 年，第 4353 页。

当白居易请求离京外任的上书送到皇帝手中的时候，玩心正酣的唐穆宗李恒正在永安殿看百戏。皇帝老儿没有丝毫的挽留，只是淡淡地说了句："既然他要走，留也留不住，索性去远一些的地方吧，就派他去杭州当个刺史吧。"

接到调令的那一刻，白居易激动不已："杭州，我魂牵梦绕的城市啊！想当年我还只有十五六岁，就在苏杭一带漂泊生活过。那杭州真是一座美丽而优雅的城市，不仅山川秀美，而且人文荟萃。能去这样的地方工作真是太幸福了！"

十多天后，白居易带着家眷，迫不及待地离开长安赶往杭州。一路上，沉浸在憧憬和兴奋中的白居易回忆起年少羁旅杭州时的情形，感慨万端："余杭乃名郡，郡郭临江汜。"想到马上能够工作、生活在"天下名郡"的杭州，白居易禁不住莞尔微笑起来。

终于，唐长庆二年（822）十月一日，白居易一家顺利抵达杭州。

顾不上舟车劳顿，白居易甫一上任，就马不停蹄地忙于公务，一心要为杭州百姓谋福利，做一个真正勤勉为民的好刺史。除了在衙门批复公文，处理杂事，他还经常深入民间，探访百姓生活，了解民生疾苦。可以说，杭州的山山水水、大街小巷都留下了白居易勤勉的足迹，也使他对杭州的自然和人文环境有了更全面的认识，这从《余杭形胜》一诗中即可看出：

> 余杭形胜四方无，州傍青山县枕湖。
> 绕郭荷花三十里，拂城松树一千株。
> 梦儿亭古传名谢，教妓楼新道姓苏。

独有使君年太老，风光不称白髭须。

诗歌首联概括点出杭州傍山枕湖这一独有的地理环境，颔联具体写杭城荷花遍西湖、松树满岗岭的自然景色，颈联写跟谢灵运有关的"梦儿亭"和跟苏小小有关的"教妓楼"等人文古迹，尾联语带诙谐，自嘲年老身衰，与美丽的杭城风光不相谐调。全诗洋溢着对杭州山水风光和人文景观的由衷赞美，隐含了诗人身为杭州地方官的自豪与幸福。

2. 戏谑众僧，白居易忙里偷闲游西湖

长庆三年癸卯（823），五十二岁。在杭州刺史任。屡游西湖。

——《白居易年谱简编》[①]

今天的西湖是世界文化遗产之一，又是浙江省省会城市的著名景观，是游客必到的打卡之地。游客对于西湖的热情主要依赖于西湖景点的绝佳风光、附近繁华的商场等，而一千多年前的大诗人白居易独爱西湖未经雕琢之美，对于西湖和它的周边各处，真是百游不厌。

独悬于西湖中的孤山上，有个被苍松翠柏掩映的寺庙，叫孤山寺。寺里的贺上人和光上人都是白居易的诗友，三人常常聚在一起喝酒吟诗，谈天说地。历朝历代的"诗人"与"僧人"都有解不开的缘分，白居易在出家人面前不用摆刺史的官架子，言行举止都不受拘束，寺僧们也十分欣赏这位学贯古今的大诗人，在开玩笑时也不忌讳佛门的清规戒律。这天，白居易忙里偷闲，带着一个小厮，乘船前往孤山，既欣赏春光，又拜访诗友。

孤山寺的四周种满了各色的花，一到春天，花团锦簇，

①朱金城：《白居易集笺校》，上海古籍出版社，1988年，第4027页。

〔南宋〕梁楷《八高僧故事图卷》之"白居易拱谒，鸟窠指说"

美不胜收。尤其是山石榴花（即杜鹃花），美得明媚艳丽。白居易一到孤山寺，就被开得热烈的山石榴花吸引住了。贺上人和光上人等僧众听闻白居易前来，则走出寺门迎接这位刺史大人。

白居易看到前来迎接的寺僧，心生一计，想要与这些出家人开个玩笑，就故意说："你们看这山石榴花，真是十分美艳，像不像一群妩媚泼辣的姑娘？"说完，便哈哈大笑起来。

佛门不谈女色，但众僧对白居易的说笑早已习以为常，贺上人便略带禅意地说道："阿弥陀佛，刺史大人心中有什么，这山石榴花就像什么，小僧见这山石榴花就只是山石榴花，看不出来别的。"

白居易见自己反被将了一军，只能继续"挑衅"："哈哈，这些山石榴花就像是一群魔女下凡，专来降你们这些僧人！"

"阿弥陀佛，小寺自有佛祖庇佑。"光上人也不疾不徐地答道。

白居易一听自己的玩笑话又被圆了回去，有点不服气，要来笔墨，当场写下《题孤山寺山石榴花示诸僧众》：

> 山榴花似结红巾，容艳新妍占断春。
> 色相故关行道地，香尘拟触坐禅人。
> 瞿昙弟子君知否，恐是天魔女化身。①

众人说笑间，太阳已经坠落西山了。傍晚的孤山别有一番风味，在夕阳的光彩下，孤山寺只剩下闪着金光的参差模糊的轮廓，仿佛天宫一般。

白居易恋恋不舍地走下孤山，本打算乘船原路回去。但余兴未尽的他突然冒出一个从白沙堤走回城里的新点子，这样既能不走回头路，又能见到不一样的西湖美景。打定主意的白居易就带着小厮踏上了白沙堤。

白沙堤在孤山南边，把西湖分成里湖和外湖两半。堤上绿草如茵，杨柳依依，桃花朵朵，风光旖旎。

白居易走在白沙堤上，看山色，观湖景，视野空阔，湖光潋滟，感到了前所未有的舒畅。不知不觉间，暮色四合，白居易只能加快脚步，返回家中。晚上，回想一天的游程，白居易十分快乐满足，提笔写下了后来成为西湖美景代表作的《钱塘湖春行》：

> 孤山寺北贾亭西，水面初平云脚低。
> 几处早莺争暖树，谁家新燕啄春泥。
> 乱花渐欲迷人眼，浅草才能没马蹄。
> 最爱湖东行不足，绿杨阴里白沙堤。②

①朱金城：《白居易集笺校》，上海古籍出版社，1988年，第4027页。
②贾亭：唐朝贾全在杭州做官时建造的亭子，故称。暖树：春天的树。白沙堤：即今之西湖白堤。

3. 歌妓相伴，元白畅饮美酒互诉衷情

> 长庆三年癸卯（823），五十二岁。在杭州刺史
> 任。……八月，元稹自同州刺史迁浙东观察使、越州
> 刺史。十月，经杭州，与居易会，数日而别。
>
> ——《白居易年谱简编》

这是十月的一个普通早晨，白居易刚刚踏进州衙内准备开始一天忙碌的工作，只见一个小厮急急忙忙地跑进来。"大人，这是您的书信，加急送来的！"白居易忙接过信来，一看信封上的字就知道来信者何人了。"这熟悉的字迹，一定是他！"原来是白居易的莫逆之交，鼎鼎大名的"元才子"——元稹。

"微之既是加急送信过来，定是有要事相告。"白居易这么想着便急忙展开信件，粗粗一看便高兴得手舞足蹈，把旁边的小厮吓愣了神。

"大人，您这是怎么了？"小厮疑惑地问道。

"哈哈，无妨无妨，我就是太高兴了！我的好兄弟要来会稽就任了！我们已有一年多未见，这番见面终于能

〔清〕王翚《白堤夜月图卷》

好好聊聊了！"白居易平复心情后，又仔仔细细地将来信看了一遍。"没错，微之信上说即将出任浙东观察使兼越州刺史，从京城去越州将会路过杭州，正好与我一聚！"想到此，白居易赶忙给元稹回信，并写下《元微之除浙东观察使》：

> 稽山镜水欢游地，犀带金章荣贵身。
> 官职比君虽校小，封疆与我且为邻。
> 郡楼对玩千峰月，江界平分两岸春。
> 杭越风光诗酒主，相看更合与何人。①

十月中旬，元稹乘船到达杭州。一下船就看到白居易站在岸边等着自己，甚是激动，紧走几步，上前一把握住白居易的手，说："乐天老兄啊，你可倒好，自己躲到这人间天堂来享福，把我一个人扔在那水深火热之处。"

白居易看着昔日好友又苍老了几分，明白他在京城的处境定是艰难，就不再提朝廷之事。"好了好了，微之，咱们到了江南就不要再想着以前那些事儿了，要我说啊，这杭州可比长安好得多。不仅风光秀丽，民风淳朴，而且重音乐文化，可以说是'终岁可闻丝竹声'啊！这回

① 稽山：今绍兴
会稽山的省称。
镜水：即今绍兴
镜湖。犀带：
有犀角的腰带，
品级的官员才
用。金章：官
。校：同"较"，
较。对玩：赏玩。

你来，我一定带你好好玩玩。"说着，就拉着元稹前往自己的州衙。

接下来的几天，元、白二人白天在湖上同饮，晚上则同室共宿。俗话说，酒逢知己千杯少，好友相逢，知己重聚，有聊不完的话，喝不完的酒。两个人从成为同科进士的往事开始聊起，又聊到仕途上的坎坷，相似的为官经历让二人不免唏嘘感慨。

"对了，微之，我还为你准备了一份礼物！"白居易努力地岔开聊天的话题。

"哦，不知乐天兄为我准备了什么？可不要太破费哦！"元稹一下子也来了兴趣，不再为罢相之事而郁闷。

"哈哈，是时候让你见识一下杭州的魅力了！"白居易说着，对身边的小厮低声嘱咐了一句。

只见不一会儿，一位姿色天然、身形袅娜、打扮艳丽的女子抱着箜篌走入船内。"参见两位大人，小女乃是杭州歌伎商玲珑，特来为两位大人助兴。"礼毕，便入座边弹箜篌边唱起了白居易的《长恨歌》。游船缓缓行驶在西湖上，所过之处，泛起层层涟漪，商玲珑的歌声与琴声随着微风飘向远处。船上的白居易和元稹都不由自主地合上了双眼，静静地听着，沉浸在唐玄宗和杨贵妃凄婉动人的爱情故事里。

一曲作罢，商玲珑起身向白居易和元稹行礼，两人这才从绝妙歌声的余味中缓过神来。"好！真可谓天籁之音！这箜篌弹奏的也是极妙，与诗相配，相得益彰！乐天兄，如此美人在侧，你可真是有福啊！"元稹起身拍手叫好，见那商玲珑长得倾国倾城，心中不免欢喜，

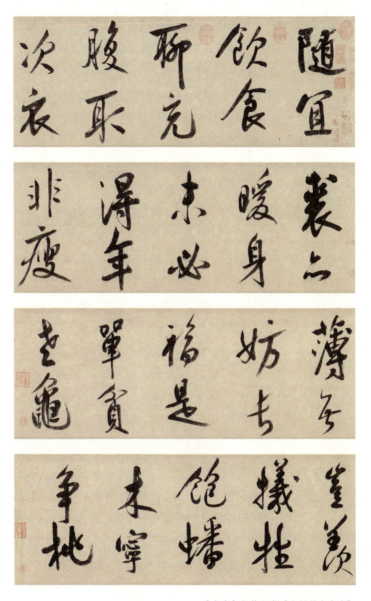

〔南宋〕赵构行书《白居易自咏诗》

之前的郁闷与忧愁都一扫而空。

白居易见元稹已不再为外放之事郁闷，便高兴地介绍说："微之有所不知，杭州与江州不同，想当年在江州'浔阳地僻无音乐，终岁不闻丝竹声'，而杭州的音乐文化却甚是发达。这位商玲珑可不一般，是杭州歌伎中百里挑一的人物，能歌善舞，又会吹弹，我的词曲都交由她们去排演。对了，这商玲珑还十分擅长唱我俩的诗歌。""哦，会唱我的诗？那我可小看这位姑娘了，还请姑娘再演奏一曲，让我一饱耳福！"商玲珑起身答应，便开始弹唱元稹的《连昌宫词》。

船内琴声悠扬，歌声美妙，元、白二人举杯畅饮，好不痛快。说笑间，商玲珑已经演奏了十余首曲子，见元、白二人已有醉意，便停了下来。白居易问怎么不唱了，商玲珑起身答道："知大人也能唱，何不也唱一曲助兴？"元稹一听也来了兴致，鼓动白居易也唱一首。白居易趁着醉意爽快答应，起身唱起了《醉歌》：

> 罢胡琴，掩秦瑟，玲珑再拜歌初毕。
> 谁道使君不解歌？听唱黄鸡与白日。
> 黄鸡催晓丑时鸣，白日催年酉前没。
> 腰间红绶系未稳，镜里朱颜看已失。
> 玲珑玲珑奈老何？使君歌了汝更歌。

白居易唱着唱着就由高兴转向了悲凉，回想起跟元稹初见时都还是意气风发的少年，而今元稹已年过四十，自己也年过半百，剩下的岁月里这样的欢乐时光还能有几回呢？心中不由涌起离别之伤感、迟暮之悲凉。

第二天，元稹启程离开杭州，前往越州（今浙江绍兴）赴任。白居易虽与莫逆之交暂时分离，但与风尘知己商玲珑的故事却还在继续。杭州的风光景色让白居易沉迷，杭州孕育出来的温婉女子和丝竹之声也给了白居易精神上莫大的慰藉。

4. 微服私访，白刺史排除干扰筑堤捍湖

> 为杭州刺史，始筑堤捍钱塘湖，钟泄其水，溉田千顷。复浚李泌六井，民赖其汲。①

新年的到来并没有给杭城百姓带来过多的喜悦，去年雪下得太早，今年打春就早，原本播种的季节却被一场大旱给耽误了，田间的沟渠见不到一星半点的水，不少田地已经龟裂。

一天，白居易穿着便服，带了一个随从小厮下基层察访民情。当他们来到西湖边的一个村子时，看到一位老农正担着水桶去西湖取水，然后再挑着装满水的桶返回去浇水，如此反复不已。但靠这几担水根本解不了田地的渴，对于已经开裂的土地来说，没有什么比得上一场滂沱大雨来得有用。白居易看着老农这样辛苦却无济于事，心中不忍，便走上前去问道："老伯，您辛苦挑水浇水，可田地还是干裂，这样有用吗？"

老农叹了一口气，手上却没有停下浇水的动作："唉，如果不浇水，这地怕是会干得更厉害，我不能眼睁睁地看着这地就这样荒芜了啊！"

"既然您要从西湖里挑水，那为什么不直接引西湖水灌田呢？"

"唉，别提了！原本是可以从西湖引水灌田的，但是前几年湖堤塌了，官府不作为，说什么也不肯修。湖堤塌了之后，春潮一涨，满湖都是水，退潮以后，连西湖的水也要慢慢干枯了，我们这些靠土地吃饭的人就只能听天由命了……"

①〔北宋〕欧阳修，宋祁撰：《新唐书·白居易传》，中华书局，1975年，第4303页。

"哦，原来是这样，那么官府为什么不肯修堤呢？"

看到眼前这位穿着素净的男子连连追问，老农停下了浇水的动作。"你是何人？"老农不放心地上下打量着白居易。

"噢，我们是从长安来杭州走亲戚的，沿着西湖走走，没想到看到您在这样辛苦地浇水，有些疑惑。"白居易连忙笑着解释。

老农听了白居易的回答后放下心来，心想：看这打扮也不像是做官的，应该就是个读书人。便继续说道："修堤修堤，还不是要我们老百姓出钱又出力！一些有钱人还要强加阻拦，说什么'修堤会鱼龙不安'，硬是和官府串通一气。那些做官的又怎么会关心我们小老百姓的痛苦！"

老农还在絮絮叨叨地说着，白居易却如芒刺在背，再也待不住了。白居易暗下决心，一定要将这修堤之事早日解决，让老百姓少遭天灾的折磨。

白居易回到州衙后，立刻解决修堤之事。通过查阅州志，白居易弄清了杭州各县连年干旱的原因：除了雨水少以外，主要是湖堤失修，造成西湖的蓄水量少，以致西湖附近的良田都得不到灌溉，常常颗粒无收，百姓叫苦不迭。于是，白居易决定在钱塘门外造一条捍湖堤，来积蓄西湖的水。

经过前期的大量调研和认真筹划，筑堤工程终于开工了，从各个村子赶来做事的人聚集在钱塘门前，只等白居易一声令下。就在白居易正要宣布开工时，突然有一群地方豪绅闯了进来，为首的一个上前对白居易说道：

"白大人，您要三思而行啊，筑堤蓄水，是不合天意之举！"

"有什么不合天意？百姓的生计就是天意。"白居易反驳道。

"大人，您听我说，这筑堤蓄水，会导致湖水不能畅通，湖水一旦不畅通，湖里的鱼龙就不能成活……"

"这湖里的鱼龙活不成你就这么着急，那老百姓活不成你就不着急了？"还没等为首的说完，白居易就打断了他的话，他深知这些豪绅平日里为非作歹惯了，只顾自己贪图享乐，丝毫不把百姓的生死放在眼里。

"这……可一旦筑堤蓄水，湖水有涨有枯，湖里的菱茭就很难成活啊！"为首的豪绅看到白居易丝毫不松口，气势上就怯了下来，但依然强装镇定。

"且不说筑堤是否会影响菱茭的产量，菱茭是你们富贵人家桌上吃的，对于普通老百姓来说，有什么比得上白花花的大米更能填饱肚子？这堤一日不筑，粮食就不能丰收，百姓就要饿死。"听到豪绅的第二个"由头"后，白居易更是气不打一处来。

"大人，筑堤蓄水，这杭州城内六井都将会无水啊！"看到为首的豪绅败下阵来，另一个豪绅又站出来说道。

"六井无水？真是更荒谬了！百姓都知道这湖底高，井管低，湖中又有泉数十眼，即使湖水都流光了，泉水也是足够的。况且，放水有先有后，皆有节制，决不会一下子放光，何来无水之说！"白居易据理驳斥，在场的百姓都为之拍手称赞！那些豪绅一看这位刺史大人并非好说话的主儿，自知理亏，只得灰溜溜地离开了。

"乡亲们，杭州这个地方，往往春天多雨，秋天干旱，如果堤防修筑得合乎规格，雨季及时蓄水，旱季及时放水浇田，那么西湖附近的一千多亩农田就不会有荒年了。所以，为了解决这一问题，今日筑堤工程正式开始！"白居易一声令下，众百姓纷纷叫好，迅速投入到筑堤蓄水这场民生工程中。

经过几个月的紧张施工，一条从钱塘门外石函桥北到余杭门（今武林门）的大堤就筑成了。这条长堤把西湖分隔为二，堤的西面为上湖（即今西湖），东面为下湖（今已成为杭州市区的一部分），湖水则尽量贮蓄在上湖，从而保证杭州城郊千顷良田的灌溉。

湖堤修成之日，白居易叫人在长堤旁立了一块石碑，上面刻着他亲自撰写的《钱塘湖石记》，对如何使用和管理西湖水资源作了明确规定，强调旱灾发生时，只要百姓提出的用水请求被刺史批准，就"即日与水"，不必等待公文由州县乡层层批转，"动经旬日"，延误救灾。

从长堤筑成之日起，西湖就成了一个大水库，杭州周边的乡村从此"无凶年矣"。这条长堤被时人称作"白公堤"，后来因年久失修而无迹可寻，但杭城百姓对白居易修堤之事心怀感激，就将原来的"白沙堤"称作"白堤"（即现在著名的杭州西湖景点），以此表达对白居易的深切怀念。

5. 告别杭州，百姓依依不舍来送别

五月，除太子左庶子分司东都。月末离杭，经汴河路，秋至洛阳。[1]

① 谢思炜：《白居易诗集校注》，中华书局，2006年，《白居易年谱简编》，第16页。

俗话说"州县佐官，三年一任"，一转眼，白居易在杭州任职已有两年多，他盘算着近期朝廷就该将他调离杭州了，即使自己内心是万般不情愿。

五月的一天中午，一道诏书被快马加鞭地送到白居易府上，白居易暗暗叹了一口气，整顿衣裳，起身接旨。虽然心里早有准备，但仍然有些惆怅。诏书上说要调他回长安，去任太子左庶子。这是个清闲的官职，又身居要位。可能在旁人眼中，觉得这对五十多岁的白居易来说是个享清福的好机会，但白居易的志向是兼济天下，为百姓谋福利，何况杭州的山光水色、人文民俗都是白居易所喜爱的，这里的大街小巷、村头路口也留下了白居易勤政爱民的足迹。无奈的是，对臣民来说，皇帝之令大于天，白居易只好恭顺听命。

办好公务上的交接，距离回长安还有半个多月的时间，白居易打定主意，要在这半月里再将杭州好好游个遍。

"世界那么大，我想去看看"，这句辞职"名言"到了白居易这儿就变成了"杭州那么美，我想再看看"。白居易游览的第一站来到了天竺、灵隐二寺。天竺寺和灵隐寺是白居易在杭州任职三年中去的最多的寺院。寺院是一个让人能够沉心静气的地方，白居易经常在公务闲暇之时整日地流连于天竺和灵隐二寺，有时候天色晚了就宿在寺里，见证了不同季节的天竺和灵隐，春日赏桃、夏日观莲、秋日品桂、冬日寻梅，这里的一山一石、一树一草，白居易都十分熟悉。

白居易来到灵隐寺前飞来峰下的冷泉亭，这泉水还如第一次见到时那样的晶莹清澈。伴随着缥缈的雾气，泉水从底部中央冒出，咕嘟咕嘟地不停地涌出水面。在水中央有一座亭子，可观四面之景，一览无余。白居易对冷泉亭的喜爱胜过杭州任何一座亭子，认为它"最余杭而甲灵隐"，不仅为其作《冷泉亭记》，还写下"冷泉"二字，请人制成匾额，挂在亭上。一想到自己将要启程离开杭州，白居易的心中就如这冷泉水一般不断涌起不舍的情绪，站在亭前再一次久久地眺望飞来峰苍茫的山色，聆听冷泉潺潺的水声，将离别的依依不舍之情融入冷泉水中，流向山下的西湖。

白居易回家后写下《留题天竺灵隐两寺》，来慰藉离别之情：

在郡六百日，入山十二回。宿因月桂落，醉为海榴开。
黄纸除书到，青宫诏命催。僧徒多怅望，宾从亦裴回。
寺暗烟埋竹，林香雨落梅。别桥怜白石，辞洞恋青苔。
渐出松间路，犹飞马上杯。谁教冷泉水，送我下山来。①

白居易游览的第二站定在西湖，可西湖那么大，怎么才能游个尽兴呢？这难不倒白居易，他迎着朝阳出门，徒步沿着西湖边行走，直到晚上月亮高悬才回家。白居易对西湖爱得深切，不仅因为西湖的景色，更是因为西湖是养育杭州百姓的"母亲湖"。白居易走在西湖边，湖上笙歌依旧。那随风飘来的袅袅歌声，使他想起了那年与元稹在游船上的欢聚。美好而动人的友情因为这青山绿水更显珍贵，白居易情不自禁吟出了《春题湖上》：

湖上春来似画图，乱峰围绕水平铺。
松排山面千重翠，月点波心一颗珠。
碧毯线头抽早稻，青罗裙带展新蒲。
未能抛得杭州去，一半勾留是此湖。

是的，"未能抛得杭州去，一半勾留是此湖"。尽管白居易不舍得离开富有人情味的杭州，不舍得离开美

① 黄纸：写在黄麻纸上的诏书。除书：拜官授职的文书。青宫：太子的住处。裴回：同"徘徊"，留恋的样子。

《惜别白公》雕像

景如画的西湖，但离别的日子终究还是到来了。

当白居易带着家眷和行装来到码头时，只见码头周边黑压压地聚满了人，好不热闹！原来是杭州的百姓们听说为他们筑堤捍湖，解决了温饱问题的青天大老爷就要回京城了，万般不舍，都从四面八方赶来为白居易送行。他们有的拿着酒杯端着酒壶，有的提着特产背着土货。当看到白居易携家眷来到时，百姓们纷纷涌上前去大声挽留："白大人，不要走！""白大人，再干几年吧！"白居易看到如此场景，不禁激动万分，老泪纵横，他努力抑制自己的情感，哽咽着对大家说："乡亲们，我要回京城了。感谢你们的好意！我也舍不得你们，舍不得杭州，但皇命难违，我三年的任期已满，不得不回去了……"

在不舍和告别声中，白居易登上了离杭的木船。岸上的百姓纷纷挥手，目送这位真正为百姓做实事的父母官渐渐远去。

唯留白堤忆白公

离开杭州的白居易，一直都未能对杭州忘情。西湖的山水美景，淳朴热情的民风，一直让白居易魂牵梦萦。在杭州任职的两年是白居易一生中最快乐的两年，此后他写的许多诗篇都倾诉着对杭州的想念和眷恋。"江南忆，最忆是杭州"，白居易一生都对杭州念念不忘，正如杭州百姓也世世代代记着这位勤政为民的父母官。

参考文献

1. 朱金城：《白居易集笺校》，上海古籍出版社，1988 年。

2. 谢思炜校注：《白居易诗集校注》，中华书局，2005 年。

3. 王遂今：《白居易与杭州》，浙江人民出版社，1986 年。

4. 蹇长春：《白居易评传》，南京大学出版社，2002 年。

5. 余荩：《白居易与西湖》，杭州出版社，2004 年。

6. 王拾遗编：《白居易生活系年》，宁夏人民出版社，1981 年。

二、匠出西湖作画屏①
——梅妻鹤子的林逋

1. 世道纷扰，林逋隐居孤山

> 逋少孤，刻志为学。景德中，放浪江淮，归，结
> 庐于西湖之孤山。②

杭州有三怪：长桥不长、断桥不断、孤山不孤。梁
山伯与祝英台十八里相送，在长桥上难舍难分，正所谓
"长桥不长情意长"；传说中白娘子与许仙在断桥相会，
后遭法海拆散，正是"断桥未断，白娘子寸肠断"；孤
山本是西湖中的一座孤岛，幸有"隐居客"林逋在孤山
上种梅养鹤，成就了"孤山不孤，和靖为伴"的佳话。

林逋与孤山结缘的故事，要从一次盟约说起……

话说文人出身的林逋从小就有一颗"武侠心"，想
要投笔从戎，报效祖国。北宋景德元年（1004），辽军
深入大宋国境，两军交战。宋真宗赵恒亲临澶州前线督
战，鼓励将士，宋军士气大振，举国振奋。林逋一看这
正是国家需要将士之时，身为男子岂有不报效祖国之理！
体内的"武侠魂"被唤醒，林逋走出书斋，换上戎装，
一路北上，赶往澶州前线。

① "匠出西湖作
画屏"，出自林逋
的《西湖》。
② 〔南宋〕潜说友：
《咸淳临安志》卷
六十五，清道光十
年钱唐汪氏振绮堂
仿宋重刊本，第
631 页。

结果林逋还没赶到澶州，就传来了两军停战的消息。正在林逋愕然之际，又传来了宋与辽订立和约的消息。

"眼看着正是乘胜追击之时，为何要签订如此丧权辱国的条约！"得知盟约签订的林逋气愤难抑，但冷静后想到一贯"畏敌如虎"的宋真宗和朝廷一众主和派，也就释然了，这心中的"武侠梦"算是彻底破碎了。

既然当不成"侠客"，那就当个"游客"吧！

林逋转而开始了自己的"浪迹天涯"之旅，一路走走停停，欣赏沿途的风景，不再对朝廷之事抱有期望。

另一边，宋真宗为挽回签订"澶渊之盟"耻辱条约后的愤懑民心，与王钦若自导自演了一个"天书"大骗局。

北宋大中祥符元年（1008）正月初三的早晨，有人报告说："在皇宫左面的承天门南角上，发现两丈多长的黄帛，黄帛上面隐约有字。"宋真宗赵恒立马召集群臣拜迎"天书"，还精心编造了"神人赐天书"的故事，他特意对群臣说道："那天半夜我刚要睡，忽然一个神人腾云出现，此人星冠绛袍，对我说：'一月三日，应在正殿建黄箓道场，到时会降天书《大中祥符》三篇，天机勿泄！'我起身正要答话，神人忽然消失，今天终于盼来了天书！"六月份的时候，王钦若又制造泰山也有上天降下"天书"的骗局，赵恒便亲自到泰山等地祭天地，谢上苍，并在全国各地造官办宫观，耗费了无数的财力和人力。

这场"皇帝的新装"式的闹剧搞得轰轰烈烈，举国上下皆知这是皇帝"自欺欺人"的举动，但迫于君威，人人都争言这是"祥瑞之兆"。

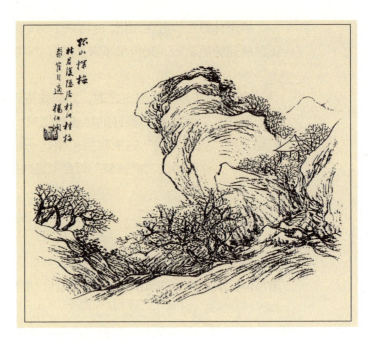

〔清〕杨伯润《孤山探梅》

　　林逋在云游时听说了"天书"之事，对宋真宗的荒唐之举大为震惊，加上先前"澶渊之盟"时对朝廷的失望，他决定隐居山林，再也不踏入都市圈半步。

　　"该去哪里隐居呢？"那些游玩过的地方像幻灯片一样在林逋的脑海中一页页地闪现出来，突然，林逋想到了那个被碧波环绕的孤峙之岛，四周云水茫茫，烟波渺渺，山间花木繁茂，凝绿叠翠，一想到就让人心旷神怡。于是，年已四十的林逋毫不犹豫地决定回到杭州，在孤山隐居。

　　来到孤山后的林逋，十分满意这个清幽闲静的隐逸环境，常常饮酒赋诗，自得其乐。一日午后，林逋酒醉躺在屋外的椅子上醒酒，一阵春风拂来，吹散了酒意，林逋起身却发现还是昏昏沉沉的。"算了，看来今日不宜做读书人，我还是做个庄稼人吧！"林逋背上锄头往地里走去，回头看到自己的茅屋前后翠竹绿树环绕，夏日防晒，冬日防风，不觉流露出惬意的微笑。又看到不远处有白鹤在水田中觅食，久久也不飞走；近处，蜜蜂采花累了就停在花朵上歇一阵。"哈哈，看来白鹤与蜜蜂今日也同我一般疏懒！"林逋看着悠然自得的万物，想到自己屋中挂着的隐居图，那高人隐士的渔樵生活如今自己也终于拥有了，真是既高兴又满足，不觉吟出了一首《小隐自题》的诗：

> 竹树绕吾庐，清深趣有余。
> 鹤闲临水久，蜂懒得花疏。
> 酒病妨开卷，春阴入荷锄。
> 尝怜古图画，多半写樵渔。

2. 种梅为妻，真隐士逍遥避世

宋处士林逋甚贫，结庐孤山。种梅三百六十株，梅子熟卖之，日取一株所值为用。[1]

林逋在孤山住下后，开始动手"装修"自己的小家。古人的"装修"比今人要麻烦得多，尤其是隐居，凡事都得亲力亲为。林逋对孤山的环境已经十分满意了，如果要打分的话，可以打到九十分的高分，但若要达到一百分，还需要"锦上添花"——在孤山上种植花草。

林逋决定去集市上买点儿花木，可集市上的花木琳琅满目，叫人挑花了眼，摊主热情地向林逋介绍着桃花、梨花等各类花木。但林逋觉得桃花过于粉嫩，略显轻浮；梨花又太过素雅，显得单调……经过反复的比较，梅花以艳而不妖的花色、酸甜可口的果子和清冷高洁的品质脱颖而出。

林逋挑了蜡梅、早梅、红梅、绿梅、白梅等各色梅

杭州风雅 HANG ZHOU

[1]〔清〕黄六鸿著，周保明点校：《福惠全书》，广陵书社，2018年，第493页。

花共三百六十株，心满意足地回到孤山。栽种梅树花费了林逋一个多月的时间，最终将这孤山"装修"成了半个梅园，算是达到一百分了！

从此，林逋每天细心照料着这些梅树，除草、浇水、施肥，一日看三回，盼着它们早日长大，开花结果。

终于，功夫不负有心人，在一场大雪落下之时，惊喜出现了。这天下午，林逋坐在窗前读书，听见窗外呼啸的风声似乎减弱了，便抬头望向窗外的梅树林，发现白雪覆盖的枝丫上竟有点点红色。"难道是梅花开了？"林逋心中惊喜，立马放下手中的书卷，起身带上斗笠，出门踏雪寻梅。

当他来到点点红色面前，轻轻拨开覆在上面的白雪，果然是梅花！红红的花瓣，一丝丝淡黄色的花蕊，伴随着若有若无的清香，沁人心脾。

"梅花开了！"林逋不觉欣喜地叫道。仔细望去，白雪下的点点梅花，红的、黄的、绿的，竟都在这白色天地中傲霜斗雪！在其他各色花卉都被霜雪打压，躲在叶子底下根本不敢露面，恨不能长出腿来躲到屋子里暖和暖和时，梅花就这样迎着大雪绽放新蕾。

寻梅的欣喜让林逋忘了时间，他在梅林间走走停停，不觉已是傍晚，天色渐暗，寒风卷杂着雪子又呼啸着前来，人被冻得打战，而肚子又发出"需要补充能量"的饥饿信号。"饥寒交迫"下，林逋不得不停下探梅、赏梅的脚步。"也罢，今日天色已晚，待我明日再来看你们。"林逋好像在与梅花约定似的，自言自语地走回家中。

没想到这场大雪一连下了三天，一团团、一簇簇的

山水未深鱼鸟少此生
还拟老耕锄告疏瘐三公二
溪流上独木苍桥小结
庐写和靖诗意 玄宰
甲寅三月廿日书画玄宰

元时倪云林王叔明皆
补此诗意雅黄子久
未之见共以黄注卷此
玄宰书似
辛庚正月

〔明〕董其昌《林和靖诗意图》

雪仿佛无数扯碎了的棉花球，从天空翻滚而下，孤山瞬间成了一座"雪山"。

林逋被困在家中寸步难行，心中十分焦急，只能透过窗子看看那些点点的红色、黄色是否还在。可是，大雪已经完全盖住了梅树的枝丫，天地间都是一片白色，那些让林逋惊喜的色彩也被掩盖在白色之下。

终于，第四天傍晚，雪停了。林逋迫不及待地走向梅园，嘴上念叨着："我来迟了，我来迟了，这场大雪可把你们冻惨了……"当林逋来到梅园的湖边，看到梅树疏朗朗的枝条正横斜地倒映在清浅的湖水中，闻到梅花清幽的香气正淡淡地飘散在朦胧的月色里，终于放下心来。轻轻拂去面前枝条上的雪，那熟悉的点点红色又重新映入眼帘。梅花不仅没有被大雪压垮，反而开得更热烈、更旺盛了！

"不愧是坚强高洁的梅花！"林逋像表扬孩子似的轻轻抚摸着梅花的花瓣，梅花好像也听懂了似的努力将花瓣伸展开来，供林逋观赏。

俗话说，观梅有三重境界：一为看其形态，二为品其芬芳，三为赏其品格。林逋自然是占全了这三重境界，他虽爱梅花优美多态的花姿，艳丽多彩的花色，但更爱梅花冲雪开放、傲视群芳的品质，这与当时不顾亲友劝阻，只身一人来到孤山的自己是多么相像啊！

在月色下与梅花进行了"心灵"交流后，林逋回到家中，想起刚才的赏梅之行，难抑喜遇"知己"之激动，写下了《山园小梅》：

众芳摇落独暄妍，占尽风情向小园。

疏影横斜水清浅，暗香浮动月黄昏。

霜禽欲下先偷眼，粉蝶如知合断魂。

幸有微吟可相狎，不须檀板共金尊。

冬去春来，梅花悄悄谢去，一个个青青的梅子偷偷现身，缀满梅树的枝头。林逋将采摘下来的梅子一袋袋装好，带去市场上售卖。没想到时令果子十分紧俏，又因为林逋低价售卖，不为赚钱，只为凑够每天的生活费就行，顿时就被一抢而空。

就这样，林逋在孤山大面积种植梅花，既改变了孤山荒芜的自然环境，又为自己赚取了基本的生活费，可以无忧无虑地过隐居生活了。

3. 养鹤为子，时与雅客相往来

林逋隐居杭州孤山，常畜两鹤，纵之则飞入云霄，盘旋久之，复入笼中。逋常泛小艇，游西湖诸寺。有客至逋所居，则一童子出应门，延客坐，为开笼纵鹤。良久，逋必棹小船而归，盖尝以鹤飞为验也。[1]

林逋过的虽然是隐居生活，但与杭州的许多文人雅士多有交往，常常一起在孤山饮酒赋诗，赏梅观景。

一日，孤山寺的一位僧友带着两只白鹤来拜访林逋。

"君复啊，前日里我们寺里来了两只小白鹤，站在寺前久久不肯离去。走近一看，发现翅膀上竟有伤口，我们就给包扎了一下。本想养在寺中，但住持说'万物皆有归处'，应该放生。第二天我将它们带到后山，想要赶它们走，没想到它们在天上盘旋了一会就又飞了回来，真是通人性的鸟啊！住持不让养，我就想到了你这儿！"

[1] 〔北宋〕沈括著，胡道静校证：《梦溪笔谈校证》，上海古籍出版社，1987年，第402页。

"原来你是拿我这儿当宠物宝地了呀！"林逋一边开玩笑，一边看那两只小白鹤。只见这两只小白鹤亭亭玉立，充满灵气，而且一点也不怕人，林逋不由暗暗喜欢。

"君复老兄，这是哪里的话。你看你这儿美得像个仙境，你又两耳不闻窗外事，做起了仙人，我正好带两只仙鹤陪伴你，也算是功德圆满。"

二人有说有笑，两只白鹤也悠闲地在梅园中散起了步，仿佛在考察自己的居住环境。

此后，林逋与乖顺的白鹤为伴，倒也十分悠闲自在。林逋驯鹤很有一套，久而久之，两只白鹤仿佛通晓人意一样，成了"信号员"，能在家中来客时飞到空中长久盘旋，似是告诉主人有客驾到。

一次，正值雪后的傍晚，林逋与友人相约泛舟西湖，共赏雪景。没想到林逋刚出门不久，就有两个人踏雪来到孤山拜访林逋。

"这位小哥，请问林逋先生在家吗？"其中一个年轻人对着门童问道。

"很不巧啊，先生刚刚坐船出游去了。您有何事？"门童礼貌地回答。

"倒也没什么要紧事，只是十分仰慕你家先生，特来拜访。"年轻人听到林逋不在家时略显失望，却也不表露出来。

门童一看这两位访客十分有礼貌，又是冒雪前来，足见诚意，就把二人请进屋中，泡上热茶，对他们说："您二位稍坐片刻，我这就唤先生回来。"

年轻人心中满是疑惑，问另一位来访者："先生在湖上泛舟，这如何传得到消息呢？"

只见门童走到园子里，把两只笼子打开，对袅袅婷婷走出来的白鹤说道："去西湖告诉先生，就说家有客至，快快归来。"两只白鹤伸长了脖颈，微微点了点头，就展翅飞向空中。

这一边，林逋正与友人把酒言欢，同赏美丽的西湖雪景呢！只听得熟悉的鹤唳之声由远而至，林逋赶忙走出船舱，只见黑夜中自己的两只白鹤正在空中盘旋。

林逋便知家中有客人到访，对友人告别道："实在不巧，家中有客到访，我的白鹤已来催我回去了，咱们改日再聚吧。"说罢，便乘着小船返回孤山。

林逋到家后一看，原来是青年才俊梅尧臣与虚白上人二人。林逋与梅尧臣虽是第一次见面，却对彼此的诗文都十分熟悉，因而一见如故，把酒言欢。三人从近日西湖的春雪说到孤山的环境，从城市间的杂事说到朝堂之事，论古说今，相谈甚欢，一直聊到第二天清晨。临别之时，梅尧臣由衷称赞林逋的驯鹤之技。林逋哈哈笑道："并不是我驯鹤的技巧有多高，而是我把鹤当自己的子女一般看待，使得它们也通人性，会解诗，善识琴，能舞蹈。在这孤山之上，多两个有灵性的生命陪伴罢了。"送走梅尧臣与虚白上人后，林逋回想起二人的谈吐和诗风，感到跟自己十分契合，值得深交，便欣然提笔，写下一首和诗《和梅圣俞雪中同虚白上人见访》：

> 湖上玩佳雪，相将惟道林。

〔清〕徐浩《梅妻鹤子图轴》

早烟村意远，春涨岸痕深。

地僻过三径，人闲试五禽。

归桡有余兴，宁复比山阴？

4. 廿年隐逸，和靖先生至死未悔

林逋隐居孤山，宋真宗征之，不就，赐号和靖处士。[①]

孤山"梅妻鹤子"的闲适生活，为林逋的诗文和书画创作提供了绝佳的素材和灵感，他写诗虽然往往随写随丢，但还是有不少诗作流传了开来，为世人所赞叹。

宋真宗虽然在朝政上有点软弱，但十分喜爱诗文且重用文臣，他在《励学篇》曾写下"书中自有黄金屋，书中自有颜如玉"，以激励年轻人通过读书换取功名。当林逋的《小隐自题》和《山园小梅》传到宋真宗的耳边时，宋真宗大为惊讶，连声称赞："好诗！好诗！此人是谁，我要重用他！"

"皇上，这是一位隐士所作。"下面的臣子回答道。

"哦，隐士？哪里的隐士？难道做官不比隐居有意思吗？"宋真宗听到回答后更加好奇。

"此人隐居在杭州孤山，叫作林逋，确实有真才实学。但他性格孤傲，不愿为官……"

"不愿为官是为何？既然在杭州隐居，就让杭州知州王济去孤山请请看吧！"

圣旨一下，杭州知州王济带上一船的礼物来到了孤

① 〔明〕张岱：《西湖梦寻》，江苏古籍出版社，2000年，第35页。

杭州风雅

HANG ZHOU

山，刚一上山，就被大片的梅园所吸引。

"这些梅花是何时何人所种？我几年前来孤山时还未曾有。"王济看着先前光秃秃的孤山如今成了草木繁茂、梅香四溢的宝地，不觉疑惑道。

"回禀大人，这正是隐居在此的林逋先生所种。"属下说道。

"看来林逋先生果真不是一般的隐士，这回怕是要无功而返了。"王济一边上山，一边心里打起了退堂鼓。

王济一行人来到林逋家门口，只见竹门虚掩，门童在一旁喂鹤，看到所来之人穿戴讲究，明白定是做官之人，连忙起身对来人作揖并进门向先生禀报。

林逋不急不忙地整理好衣裳，出门迎接。

"不知大人光临寒舍有何事？"林逋问道。

"久闻先生盛名，此番一见，果然是非凡之人。我等前来乃是奉圣上旨意探望先生，不知可否进先生家中一叙。"

"这是当然，大人请！"林逋将王济等一行人迎入家中，门童煮茶招待客人。

"圣上读了先生的诗作后十分满意，惊叹先生的才华，想要请先生出山。"王济开门见山说明来意。

"原来是为此事……大人有所不知，我在孤山隐居多年，这杭州的山山水水，孤山的一草一木与我皆有情，

《梅林归鹤图》

我这人对做官享富贵没有什么兴趣，只想如闲云野鹤一般隐于这青山绿水之中。"林逋在见到这带着礼物的一行人时就猜到了他们的来意，早已想好应对的言辞。

"既是如此，那我等会如实回禀圣上。打扰先生之处，还请见谅。"王济对林逋的婉拒并不感到意外，既然任务未能完成，便起身打道回府。

宋真宗接到王济的奏折后怅然若失。"既然不愿出山，那就不勉强了。这林逋才华卓荦，还是要让杭州知州好好照料。虽然得不到他的人，但能多读到他的诗也是好的。"宋真宗要求杭州知州定时给予林逋接济，但凡生活上有任何困难，都要尽力为之解决。

后来宋仁宗也安排人给林逋送钱送物，并邀其出仕，但林逋还是婉拒了，他说："吾志之所适，非室家也，非功名富贵也，只觉得青山绿水与我情相宜。"对于林逋来说，富贵如浮云，荣华如尘末。即使是两代皇帝真诚相邀，他也只愿与孤山相伴到老。

晚年的林逋疾病缠身，自知不久于人世，他便在所居的茅庐旁自造墓室。回想起自己的一生，有二十年的光景都在孤山度过，感觉十分美好，对那些曾经拒绝的出仕机会仍无丝毫惋惜，并以没有写过御用文章而自豪。林逋在临终之前，题诗《自作寿堂，因书一绝以志之》于墓壁：

> 湖上青山对结庐，坟前修竹亦萧疏。
> 茂陵他日求遗稿，犹喜曾无封禅书。①

林逋与孤山相伴二十年，他的生命与灵魂，早已与西湖的山山水水融为一体了。北宋天圣六年（1028）冬天，林逋在孤山与世长辞，享年61岁。宋仁宗听说后，赐林逋谥号"和靖先生"，还让杭州地方政府帮助料理后事。"和靖"即"和谐而安静"，号同其人，恰如其分。

和靖先生和孤山的故事虽然结束了，但他的灵魂与精神永远留在了孤山，留在了杭州。

① 萧疏：稀疏，稀少。茂陵：代指司马相如。据《史记·司马相如列传》记载，司马相如临终前作《封禅文》，歌颂汉皇功德，建议举行"封泰山，禅梁父"的大典。林逋借古喻今，表明决不屑于像司马相如那样希宠求荣。

参考文献

1. 〔北宋〕林逋著，沈幼征校注：《林和靖诗集》，浙江古籍出版社，1986 年。

2. 潘一平：《西湖人物》，浙江人民出版社，1999 年。

3. 宋传水、袁成毅主编：《杭州历代名人》，杭州出版社，2004 年。

三、三秋桂子，十里荷花①

——一首词写尽杭州繁华的柳永

1. 一首《望海潮》，使柳永声名鹊起

> 柳耆卿与孙相何为布衣交。孙知杭州，门禁甚严，
> 耆卿欲见之不得，作《望海潮》词，往谒名妓楚楚曰：
> '欲见孙相，恨无门路。若因府会，愿借朱唇歌于孙
> 相公之前。若问谁为此词，但说柳七。'中秋府会，
> 楚楚宛转歌之，孙即日迎耆卿预坐。②
>
> ——杨湜《古今词话》

北宋咸平五年（1002），十九岁的柳永参加乡试后，
离开家乡，前往汴京（今河南省开封市）参加礼部的考试。
当柳永乘船经过杭州时，便被杭州美不胜收的湖光山色
和热闹繁华的都市生活所吸引，决定先在杭州生活一段
时间，享受一下听歌买笑的浪漫生活。

刚来到杭州的柳永彻底迷醉在这温情脉脉的江南水
乡之中，西湖上连绵的画舫，白堤上如织的游客，还有
那街边巷陌遍布的秦楼楚馆，在柳永眼中都是极好的。
杭州于柳永而言就像是天上的瑶池仙境，熠熠生辉。

当然，在享受浪漫生活的同时，柳永也一直在寻找

①"三秋桂子，
十里荷花"，出
自柳永的《望海
潮》（东南形胜）。
②张璋等编纂：
《历代词话》，
大象出版社，
2002年，第20页。

仕途上的新契机，他渴望被官员赏识，进入仕途，破茧成蝶。

其实柳永早就听说昔日好友孙何①在杭州担任太守，所以自己"滞留"杭州也是为了能在旧友这儿谋个一官半职。柳永曾多次到太守府拜访孙何，可今时不同往日，太守府门禁森严，像柳永这样的"无名小卒"连门都进不去。

吃了闭门羹的柳永决定换一种方式来拜访孙何，那便是用自己擅长的诗文来打动他。所以，柳永每次游山玩水后所作的诗词除了描绘杭州的美景之外，还常常歌颂杭州的官员，以此来表达自己想要出仕的迫切愿望。

然而这些诗词并没有得到广泛流传，柳永虽带着他的作品多次投献，但不是被拒之门外就是石沉大海。情绪低迷的柳永带着满腔愁绪流连于青楼之中，似乎只有那儿，才会有人认认真真地听他的词，欣赏他的才华。

这一天，柳永又来到了青楼。刚进门，便听到一阵悦耳的歌声，一群人围在大堂中间，热闹得很。柳永挤不到前头，便拉住身边的一个男子问道：

"这位官人，今日是何人在唱曲儿，为何如此热闹？"

"这你都不知道啊？这可是咱们杭州的当红歌伎——楚楚啊！俗话说'闻得楚楚唱一曲，如听仙乐耳暂明'哪！"男子看柳永还呆呆地站在那儿，便拉着他拼命挤到了前头。

柳永一看，这楚楚姑娘确非俗物，不仅相貌出众，可比西施，而且能弹能唱，可谓才貌双绝！一曲唱罢，

① 孙何（961—1004），字汉公，北宋汝州人。十岁识音韵，十五能属文，一生笃志好学，著有《两晋名贤赞》《宋诗十二篇》及《孙何文编》四十卷。

柳永便上前介绍自己，并表示愿出高价与楚楚姑娘共话词曲。楚楚姑娘一看柳永风流倜傥又言辞恳切，便欣然应允。

二人浅斟低唱，谈笑间竟也十分投机。几杯酒下肚后，柳永开始向楚楚吐露心声："我一心想要展现自己的才华，实现人生价值，可无奈现在连太守府的门都进不去，更别说是自荐了……"

看到眼前英俊潇洒气质不凡的柳永愁眉紧锁，楚楚同情心顿生，于是对柳永说："官人不必担忧，奴家曾去太守府表演过，过几天就是中秋佳节了，奴家还要前去表演。官人若有需要，奴家可为官人引荐。"

"此话当真？"柳永没有想到，自己千方百计未能成功之事却因一个歌伎而有了新的希望。

"千真万确！官人，您可以写一篇吟咏杭州美景之作，待我谱曲后，于中秋之日在太守府的宴会上演唱，定能引起太守注意！"

"好主意！待我回去好好构思，写好后再来拜访楚楚姑娘。"

楚楚看着柳永迫切真诚的眼神，暗暗下决心：一定要帮到他！

从青楼回去后的柳永，开始构思这首将对自己的仕途起到至关重要作用的词。为了寻找灵感，他重新游览杭州胜景，将山光水色和繁华都市生活都一一记录了下来。

终于，经过几日的创作和修改，一首《望海潮》（东南形胜）新鲜出炉了：

> 东南形胜，三吴都会，钱塘自古繁华。烟柳画桥，风帘翠幕，参差十万人家。云树绕堤沙，怒涛卷霜雪，天堑无涯。市列珠玑，户盈罗绮，竞豪奢。　　重湖叠巘清嘉。有三秋桂子，十里荷花。羌管弄晴，菱歌泛夜，嬉嬉钓叟莲娃。千骑拥高牙，乘醉听箫鼓，吟赏烟霞。异日图将好景，归去凤池夸。

这首词的上片描写杭州的形胜与繁华，远望垂柳含烟，彩桥如画，近看珠帘摇曳，翠幕轻摆，既有钱江怒涛的壮观景象，又有都市发展的繁华富庶，一句"钱塘自古繁华"可谓是点睛之句。下片专咏西湖山水胜景和风土人情，只见里湖外湖相互媲美，南屏灵隐重峦叠嶂，时闻羌管菱歌声声，钓叟莲娃嬉嬉，尤其是"三秋桂子，十里荷花"一句极具概括力，令人产生无限遐想。

柳永带着这首词急匆匆地去找楚楚姑娘，楚楚姑娘一读完这首词，便激动地连声赞叹："好词好词！把咱们杭州的美全都写了出来！"

"楚楚姑娘，那能在太守家宴上演唱这首词吗？"柳永有点忐忑地问道。

"没问题，我一定将这首词好好演唱！"得到楚楚肯定的答复后，柳永松了一口气，希望这首词能成为自己出仕路上的"敲门砖"："对了，楚楚姑娘，若是太守问起'作词者何人'，你就告诉他'是柳七所作'。"

柳永在家中排行第七，故早些年自己与孙何交往时，他便常称自己为"柳七"。

几日后的中秋佳节，太守府的家宴上，楚楚姑娘声情并茂地演唱了柳永的《望海潮》（东南形胜）。词中的杭州美景，在楚楚美丽的歌喉声里如画卷般在众人眼前展开，引得座下宾客赞叹不已。太守孙何果然问起词是何人所作，楚楚便按柳永的嘱咐作了回答。

第二天，柳永便被请到了太守府，见到了老友孙何。二人聊起昔日的往事，相谈甚欢。虽然柳永最后并没有因为这首词而顺利进入仕途，但这首写尽杭州繁华的词却在坊间广为流传，被人们争相传唱，一时间，柳永也名声大噪。

2. 考取功名，任职睦州伤漂泊

祖宗时，选人初任荐举，本不限以成考。景祐中，柳三变为睦州推官，以歌词为人所称。①

金榜题名是古代文人学士一生的梦想和追求。为登庙堂，学子们珍惜每一次科考的机会，从年少气盛到白发苍苍，年复一年地冲击金榜。柳永就是赶考大军中的一员"高龄考生"。

北宋景祐元年（1034），宋仁宗赵祯亲政，特开恩科，对历届科场沉沦之士的录取采取了放宽政策。辗转于考场二十多年未果的柳永听到这个好消息，立即从鄂州赶往京师赴考。功夫不负有心人，这年春闱②，柳永终于考取了进士。暮年及第，柳永兴奋不已，以为自己的仕途终于迎来了一片光明。

然而，上天没有继续眷顾这位"风流才子"。放榜后不久，柳永就被派去了睦州（辖今杭州桐庐、建德、淳安三县）任团练推官。虽然官职不大，但柳永依然十

①〔南宋〕叶梦得撰，宇文绍奕考异，侯忠义点校：《石林燕语》，中华书局，1984年，第88页。
②春闱是中国古代科举制度中的中央考试，又叫会试。应考者为各省的举人，录取者称为"贡士"，第一名称为"会元"。

分珍惜这来之不易的机会。刚到睦州时，柳永壮志满怀，虽年过半百，仍积极革新除弊，尽心尽力做好各种事务。柳永积极工作的态度被其上司——时任睦州知州的吕蔚所赏识，他认为柳永是个不可多得的人才，于是便向朝廷举荐。可由于柳永任职睦州才短短数月，朝廷上有官员激烈反对，认为柳永并未在岗位上有重大功绩，根本没有资格被举荐，并且怀疑吕蔚举荐属于徇私枉法。

这场小风波不仅使举荐之事不了了之，也使柳永感受到宦海艰难，仕途莫测。

这日，闷闷不乐的柳永打算畅游桐江来消除心中的郁闷。傍晚雨后，柳永来到桐江边，看着桐江上来往的客船，想起三十多年前自己也曾随父亲沿桐江顺流而下，那时的自己正值弱冠之年，壮志凌云，一心想要考取功名，建功立业，光耀门楣。而如今，再次来到桐江边，虽然好不容易金榜题名，却是仕途坎坷，命运多舛。柳永不禁感慨万千。

下过雨的傍晚格外寂静，柳永站在江边，极目远眺。桐江经过了一天的波涛翻涌，此时已安静了下来。夜幕降临，江上远行的船都降下了风帆，准备靠岸停泊。对面小岛上风烟弥漫，水边的蓼花稀稀落落地开着白色和浅红色的小花，在烟雾中仿佛被蒙上了一层白纱。一阵秋风吹过，岸边大片的芦苇便发出窸窸窣窣的声响，仿佛有人在小声交谈着。

"真可谓'秋风萧瑟天气凉'啊！"柳永不由得紧了紧单薄的衣衫，准备回家去。正当柳永要走时，平静的江面上忽然出现了三三两两的灯火，闪烁着，移动着，从远处向岸边逐渐靠近。过了一会儿，柳永终于看清了，原来是渔人们正划着小巧的渔船，载着活蹦乱跳的鱼虾，急切地回家呢。看到渔人们日出而作，日落而息的安定生活，柳永既感到由衷的欣慰，又有着说不清的忧伤。

作为睦州的官员，自己最大的希望就是百姓们能够安居乐业，生活幸福。然而看到归家心切的渔人们的同时，触景生情，想到自己是个漂泊在外的异乡客，柳永心里不禁泛起了思乡之情。

此刻的桐江雾霭萦绕，景色迷人。江面上轻烟笼罩，江畔耸立的山峰如削如砍，在暮色下更添了几分险峻，让人不由得赞叹大自然的鬼斧神工。柳永看着烟波漠漠的江面，想起了东汉的著名隐士严子陵，他才华洋溢，却能淡泊名利，多次拒绝光武帝刘秀抛来的做官绣球，终日垂钓在富春江上。如今严子陵早已不在，江里的鱼儿却依旧在水中嬉戏，鸥鹭仍然在"严陵滩畔"自由飞翔。看着眼前的景色，想到严子陵的高风亮节，联想到自己的仕途不顺，柳永对一直孜孜以求的官宦生涯产生了深深的怀疑。

"我这半生，漂泊在外，可这区区不足道的游宦生涯到底算个什么？"柳永深深地叹了口气，"还不如就此回去，归隐田园……"柳永本以为畅游桐江可以消除心中的苦闷，排解抑郁心情，却未曾想触景伤情，反而挑起了内心深处的思乡之情。

看着桐江秋夜的萧瑟景象，柳永百感交集，思绪万千，一首《满江红》（暮雨初收）脱口而出：

> 暮雨初收，长川静、征帆夜落。临岛屿、蓼烟疏淡，苇风萧索。几许渔人飞短艇，尽载灯火归村落。遣行客、当此念回程，伤漂泊。　　桐江好，烟漠漠。波似染，山如削。绕严陵滩畔，鹭飞鱼跃。游宦区区成底事，

平生况有云泉约。归去来、一曲仲宣吟，从军乐。

3. 爱民如子，柳县令赢得美名

柳永字耆卿，仁宗景祐间余杭令，长于词赋，为人风雅不羁，而抚民清静，安于无事。百姓爱之。建玩江楼于溪南，公余啸咏，有潘怀县风。[1]

北宋景祐二年（1035）秋，柳永由睦州推官移任余杭县令。

北宋时的余杭虽然是个小县，但风景优美，物产丰富。柳永甫一上任，不仅勤快处理县衙各种大小事务，而且有空就带着随从去各个乡村体察民情，关心百姓疾苦。

不到一月，柳永已经走访了余杭的绝大多数乡村，仅剩县南的由拳村还未去过。那由拳村因村边的由拳山得名，村子里的人靠卖用藤皮造的藤纸为生，民风淳朴。听说柳永还要去由拳村，随从纷纷劝说柳永："大人，现在已是深冬，这由拳山地形复杂，山路崎岖难走，而由拳村又地处深山之中，十分贫困，也不能好好招待大人……"

"岂有此理！我难道是去要饭吃、要酒喝的吗？正是因为村民们生活艰辛，我才更要亲自去看看！"柳永斩钉截铁地说。

随从们只好带着柳永前往由拳村。柳永到后一看，由于交通不便，信息闭塞，由拳村百姓的生活确实在余杭县中属于最低的水平。

柳永走进一户农家，看到大家都在忙着做藤纸。严

[1]〔清〕朱文藻等：《嘉庆余杭县志》，台湾成文出版社，1970年，第285页。

冬时节，百姓们的手都已被冻裂了，但仍然没有停下手中的活儿。

"这藤纸的产量高吗？"柳永不禁发问。

"回禀大人，我们村一年需要进贡一千张藤纸，若有盈余，也需要如数上交。村子里人少，几乎所有人都在做藤纸，偶尔能挤出一些时间去种庄稼，维持温饱。"一位村民回答道。

"这藤纸价格虽高，但你们却都要如数上交，怪不得生活如此艰辛。这样吧，以后每年除了需要进贡的一千张外，多余的藤纸由你们村民自行处理！"柳永弄明白由拳村经济落后和生活困窘的原因后，干脆利落地下令不再多收藤纸。

"真的吗？太好了！谢谢大人！"感谢之声连绵不断，不一会儿，所有的村民都来到村口感谢柳永这位百姓的好父母官。

此事一出，余杭的百姓便用"潘怀县风"来赞美柳永。西晋文学家潘岳，才名冠世，初为河阳县令，颇有政绩，令全县遍植桃花，遂有"河阳一县花"之典故。四年后迁怀县令，勤于政事，功绩卓越，所以后人以"潘怀县风"来赞誉县令的政绩。

柳永治理余杭不到一年，余杭已是民康物阜，柳永也感到十分满足。他的经世之才终于有了可以实现的地方，明白了原来能为百姓做实事是一件如此快乐的事。

生活的悠闲让柳永的笔下也有了快意。这天傍晚，骤雨初晴，空气中盛夏的燥热被雨水冲刷得一干二净。

〔南宋〕佚名《出水芙蓉图页》

柳永走在路上，呼吸着雨后的清新空气。雨后的天空幻化出美丽的彩霞，似乎有人在云层里涂上了五色的染料；夕阳的余晖落到远处的水中，水天相接，仿佛铺了一条巨大的红色绸缎。天边的云一朵挨着一朵，云下的山峰连绵起伏。

　　柳永走到荷塘边，看到荷花已被骤雨打落了花瓣，只剩下青翠的荷叶和满塘的菱角。这盛夏的江南景象让柳永想起了当年袁绍子弟畅饮避暑的故事。

　　暮色四合，清风从高高的树顶吹来，帘幕被轻轻吹动，竟有了丝丝凉意。柳永想到多年前的自己常流连于秦楼楚馆中，那欢畅的生活令人怀念。虽然现在那些雅乐都已经废弃不用了，但时局安定，自己也可以教给歌女们几段新声歌曲，让她们能够在酒筵上弹唱。

如此想着，回到家的柳永便写了首自制曲《玉山枕》
（骤雨新霁）：

> 骤雨新霁。荡原野、清如洗。断霞散彩，残阳倒
> 影，天外云峰，数朵相倚。露荷烟芰满池塘，见次第、
> 几番红翠。当是时、河朔飞觞，避炎蒸，想风流堪继。
> 晚来高树清风起。动帘幕、生秋气。画楼昼寂，
> 兰堂夜静，舞艳歌姝，渐任罗绮。讼闲时泰足风情，
> 便争奈、雅歌都废。省教成、几阕清歌，尽新声，好
> 尊前重理。

　　羁旅与漂泊是柳永从不陌生的两个词，后来他也习
惯了随遇而安。但在余杭的日子，柳永是真正快乐的，
那是一段充实又惬意的时光，柳永将万千黎民的安乐记
在心上，百姓们也十分爱戴这位既有才气，又做实事的
父母官。

参考文献

1.〔宋〕柳永撰，高建中校点：《乐章集》，上海古籍出版社，1989年。

2.叶一青、王光照：《千古词状元——柳永全传》，长春出版社，2000年。

3.谭慧：《忍把浮名，换了浅斟低唱——柳永词传》，华龄出版社，2017年。

4.王丹：《柳永评传》，辽海出版社，2019年。

四、长忆西湖胜鉴湖[①]

——杭州的老市长范仲淹

1. 贬知睦州，范仲淹与杭州的初次相遇

《宋史·范仲淹列传》："会郭皇后废，率谏官、御史伏阁争之，不能得。明日，将留百官揖宰相廷争，方至待漏院，有诏出知睦州。"[②]

北宋明道二年（1033）十二月的晚上，范仲淹同孔道辅率领一众谏官跪伏在垂拱殿外奏请："陛下！皇后不应该废啊！""皇后无过，怎能废后！""请陛下三思啊！"……宋仁宗听着这些谏官们反反复复的进言实在头疼，叫来太监张茂则，拟下一道诏书，将外面跪着的谏官纷纷贬黜。宋仁宗在"分配"范仲淹的贬职之地时纠结了很久，问张茂则："你说范仲淹这个人怎么样？"

张茂则回禀："奴才听闻范仲淹才高八斗，两袖清风，官家您也一直对他青睐有加，为何这次……"

"范仲淹这个人是能臣不错，但他这个人实话太多，又喜欢多管闲事，他根本不知道，有时候沉默才是金哪！"宋仁宗叹了一口气，废后一事原是自己理亏，对于范仲淹的处置更是为难。

①"长忆西湖胜鉴湖"，出自范仲淹的《忆杭州西湖》。

②〔元〕脱脱：《宋史·范仲淹列传》，中华书局，1975年，第10268页。

"官家说的是，范仲淹爱把仁人志士的品行挂在嘴上，仗义执言，他这个性格，确实容易得罪其他官员，但是臣以为，范仲淹此人虽然不够圆滑，却更显其刚直不阿。"

"既然废后一事已成定局，那就小惩大诫，派他去山清水秀之地当个知州吧，等有机会了，再把他召回来。"

于是，宋仁宗在诏书上落笔"睦州"二字。

第二天早上，范仲淹还没来得及去面见圣上，贬黜的诏书就送到了家中。听到被贬睦州，范仲淹百感交集。治国先治家，皇后无过，怎能轻易废后？自己冒死进谏，本意是希望仁宗回心转意，不料换来的却是一家十口贬谪江南。想到此，他既气愤又心凉。但转念一想，自己虽遭贬谪，却仍被授予铜虎符，担任知州之职，在睦州这不算富裕的地方正好可以施展自己的抱负，为当地的百姓做些事情，也未必是一件坏事。

北宋景祐元年（1034）正月，46 岁的范仲淹从京城出发，沿颍河、淮河、钱塘江、富春江南下，四月中旬抵达睦州的治所建德。

人间最美，莫过于江南的四月天。范仲淹一路上陶醉在江南明媚的湖光山色之中，心态早就发生了变化。睦州的青山绿水不仅抚平了他遭遇贬谪的创伤，更激发了他创作的兴致。

范仲淹刚到睦州，就接到了在睦州任职的好友葛闳、章岷的邀约，三人相约同游睦州，抓住欣赏春日风光的最后机会。

葛闳和章岷二人见到阔别多年的范仲淹后，激动不巳: "得知你要来睦州，我们甚是激动，早就备好了酒，算着日子盼望范兄早日到来。"

"谢谢二位！桐庐郡之美，果真是名不虚传哪！范某虽因进谏被贬，但能来到风景这么好的地方，又能与你们时常见面，范某心中也是兴奋不已啊！"

三人边走边聊，来到一个湖边。范仲淹看着远处的青山倒映在澄澈的湖水中，美得像一幅画，情不自禁地径直走去，挽起裤脚，赤足踏水。

"范兄，当心哪！这水可不浅啊！"章岷对范仲淹说道。

"无妨，这水清冽，果真是青山绿水啊！站在这水边，心都静了下来，仿佛再无世事的纷扰！"范仲淹说完，就俯身掬起一捧湖水来喝，"这水不仅清冽，还带有回甘！你二人也来试试！"范仲淹对着不远处的章岷和葛闳说道。

章岷和葛闳看到好友并未因为贬谪而失意落寞，心中也宽慰了许多。"被贬而能有如此心境的，怕也只有他范希文一人了。"葛闳笑着说道。

章岷看到不远处有个渔夫正在湖上打渔，便对他喊道: "这位老伯，我们能否搭坐你的船！"渔夫爽快地答应了，摇着船靠岸，让三人上船。

三人在船上时而欣赏湖光春色，时而看渔夫打鱼作业，时而兴致勃勃谈古论今。范仲淹从章岷和葛闳二人的口中了解到睦州确实如自己所见的一般，不仅是江南风景秀美之地，百姓也能自给自足、安居乐业，堪称世外桃源，因而对睦州的喜爱就更增添了几分。

回到家，范仲淹趁着余兴未尽，挥笔写下了一首五言绝句：

> 萧洒桐庐郡十绝（其一）
> 萧洒桐庐郡，乌龙山霭中。
> 使君无一事，心共白云空。

这首绝句与范仲淹后来在任职期间写的其他九首绝句组成了《萧洒桐庐郡十绝》，这十首五言绝句不仅抒写了睦州环境的清幽怡人，也抒发了范仲淹到睦州任职后的心境变化。

2. 归老西湖，范仲淹理想的养老之地

《宋史·范仲淹列传》："寻徙杭州，再迁户部侍郎，徙青州。"①

庆历新政失败后，范仲淹再次踏上离京之路，先后任职于邠州（今陕西彬县）、邓州（今河南邓州），辗转多地。范仲淹虽然对于朝堂之上的钩心斗角已经见怪不怪，但多年前在抗击西夏的战争中积劳成疾，而后又耗尽心血推行"庆历新政"，年届花甲的范仲淹不再如年轻时那样精力充沛，已经难以承受辗转奔波之苦。这让他不得不时常考虑归老之处，而杭州西湖就是一个理想的地方。遥想当年在润州（今江苏镇江）和越州任职时，自己常常跑到杭州游玩。尤其是在春天，杭州西湖美得让人魂牵梦萦。湖水如茵，碧色千顷，春风拂过，湖光潋滟，为杭州这座庄严肃穆的千年古城添加了几分柔情和丰韵。虽然越州也有鉴湖，但与西湖相比，还是稍显逊色。他曾通过诗歌抒发自己归老于西湖的愿望，其中

①〔元〕脱脱：《宋史·范仲淹列传》，中华书局，1975年，第10275页。

最著名的一首便是《忆杭州西湖》：

> 长忆西湖胜鉴湖，春波千顷绿如铺。
> 吾皇不让明皇美，可赐疏狂贺老无？

在这首诗歌的后两句，范仲淹用唐玄宗曾赐贺知章镜湖剡溪一曲的典故来请求宋仁宗将自己调往风景秀丽的杭州任职。没想不多久，宋仁宗果真将范仲淹调到了杭州任知州，实现了他的养老之愿。

北宋皇祐元年（1049）春，范仲淹前往杭州赴任。此次任职杭州，对于范仲淹而言是一个难得的机会。杭州地处江南，气候温和，山水风光令人陶醉，民俗风情也十分淳朴，与范仲淹"归老西湖"的愿望十分契合，因而这次上任可谓是范仲淹的圆梦之旅。

范仲淹抵达杭州后，就与在杭州的弟子和友人共游西湖，这是范仲淹圆梦的第一站。

"不错，十多年过去了，西湖还是一样的美！"范仲淹看到眼前的西湖就是那个自己一直魂牵梦萦的西湖，心中十分喜悦。

一旁陪伴游玩的弟子看到范仲淹满眼都是西湖，便提议道："既然老师觉得西湖好，何不在湖边建一所自己的住宅，以作日后颐养天年之用呢？"

"是啊，范兄，你这一生为官数十年，起起落落也不下十次，现在年岁渐长，何不择一幽静之处建造住宅呢？"一旁的友人也附言。

"西湖很美，我也确实喜欢，但这西湖并非我一人所有，而是天下人的西湖，我怎么能因为喜爱就自私地破坏西湖之景呢？"范仲淹在听到弟子和友人们的提议后，坚决地表示不能在西湖边建造府邸，众人便也不再提此事了。

范仲淹虽然拒绝了众人在西湖边为他修建住宅的好意，却也从大家的提议中获得了一些启发：既然要造住所，何不造一所能够容纳更多人的义庄呢？置办家产是为了自己，而创立义庄则能够惠及更多的人，如此一来可以保证日后范氏一族"日有食，岁有衣，嫁娶凶葬皆有赡"。范仲淹的故乡在苏州，苏杭二地相邻，范仲淹便立刻启程，先去故乡看望族人，后将自己毕生的积蓄都捐献出来，在苏州陆续购置了良田上千亩，办起了历史上第一个多功能私家慈善机构，史称"范氏义庄"。

将义庄一事交代完毕后，范仲淹返回杭州，心情格外舒畅，在乘船过闸口入钱塘江时，遥见闸口有一白塔，便停船上岸游览。

杭州白塔位于闸口白塔岭下，是五代十国时期吴越国末期的建筑。闸口是杭州商贸交易的重要集散地，"泊船上千，有桅樯盈万，风吟涛唱一夜无歇"，也是一个重要的交通枢纽，因而白塔一带市集相当热闹。

范仲淹穿过熙熙攘攘的人群，缓步来到白塔下面。细看这白塔，塔通体用白石精工雕砌而成，下为磐石，上为须弥座。磐石八边形，每边侧面刻山峰，平面刻海浪，象征"九山八海"。再上有九层，每层均有腰檐和平座，顶置铁塔刹，轮廓挺秀。塔身四周遍刻经文，门两侧雕有佛像和菩萨像，线条细柔，形象逼真。

绕过白塔，范仲淹走进了白塔寺。从寺的高处望去，

白塔

映入眼帘的是浩瀚无涯的钱塘江，江水与灰白色的天空
连在一起，茫茫的一片，每当有浪打来时，江水就像数
万条闪着银光的鱼，翻滚跳跃，追逐嬉戏。偶有几只小
船在江中随波起伏，似乎随时有倾覆的危险。这不禁使
范仲淹想到自己为官数十载，就如这钱塘江上的小船一
样，起起伏伏，稍有不慎，便会被卷入滚滚浪涛之中，
心中顿生苍凉孤寂之情。

　　范仲淹转到白塔寺的后方，见到的又是另一番景象。
群山起伏，林海莽莽，四面苍峰翠岳，两旁岗峦耸立，
满山树木碧绿。时有飞鹭从这片绿色中穿出，又钻进另
一片绿色中，把这山林当作自己的王国，自由自在地在
树枝间飞来飞去。

　　"钱塘江上白帆远影，群山之中幽鹭飞翔，这白塔寺
临山近水，可真是个好地方！只可惜登高便生凄凉之情，
不可久留……"范仲淹感慨道。

范仲淹回到家中，想起白塔寺登高望远的所见所感，写下了《过余杭白塔寺》：

> 登临江上寺，迁客独依依。
> 远水欲无际，孤舟曾未归。
> 乱峰藏好处，幽鹭得闲飞。
> 多少天真趣，遥心结翠微。

3. 遭遇大灾，出奇策保民安宁

> 皇祐二年，吴中大饥，殍殣枕路，是时范文正领浙西，发粟及募民存饷，为术甚备。[1]

宋仁宗皇祐二年（1050），担任杭州市长刚满一年的范仲淹就遭遇了一场政绩危机。当时，一场百年不遇的大饥荒席卷了整个浙江地区，位于浙西的杭州是重灾区之一。

原本热闹嘈杂的街道因为饥荒的来临变得一片死寂，为了抵抗饥饿，保存体力，百姓们都选择在家待着，除非必要，否则绝不上街。范仲淹带着随从走在街上，只见许多商铺都关了门，冷冷清清。街道上没有开市时的人头攒动，也没有农户叫卖的嘈杂声，只有街头巷尾躺着一些饿死的饥民。

民不出户，饿殍枕路，范仲淹认识到了此次灾情的严重性，内心十分焦急。根据以前从政时的经验，几种救治饥荒的方案不时在脑海中闪现。虽说开仓赈灾是最简单的办法，但是一想到饥荒来势汹汹，涉及范围之广、受灾百姓之多，小小粮仓根本扛不住，便知此法不可取。

范仲淹在书房背着手踱步，神色凝重，两道眉毛都

① 胡道静：《梦溪笔谈校证》，上海古籍出版社，1987 年，第 419 页。

拧成了一根绳。每想到一个救灾法子便停下脚步，认真思考着方案的可行性。终于，经过反复的思考和推算，范仲淹在纸上写下十二个字：大兴土木、纵民竞渡、抬高谷价。

范仲淹先颁布了救灾的第一个政令。他向全城百姓宣布，要大兴公私土木工程，修建寺院、官舍、库房，也鼓励私人建造房屋。有一些寺院不明白范仲淹此举的用意，迟迟不动工。范仲淹就将各个寺庙的住持召集起来，晓以利害，开了一场开工前的动员大会。

"各位住持，咱们杭州的寺庙众多，但普遍年久失修，是时候该改善形象了。现在正是饥荒之时，工人的工钱最低廉，是修缮寺院千载难逢的好机会啊！"范仲淹从修缮寺庙说到佛教文化，晓之以理，动之以情。住持们纷纷被这位语言大师所打动，愿意出资修缮寺庙。

解决了寺庙的修缮工程后，范仲淹又召集了自己所管辖的杭州市各个部门的主管，命令他们开展杭州市的基本设施维修建设，趁工钱不高之际，既降低了行政成本，也提升了整个杭城的城市形象。

范仲淹下令大兴土木后，杭城涌进了大量无农可务的农民。这些农民也是灾民，到杭州后转化成了农民工，得到了相应的工酬。范仲淹此举，实质是"以工代赈"，不仅在物质层面补上了救灾预算的缺口，同时也在精神层面维护了灾民自力更生的意识和自尊心。

范仲淹发布的第二个救灾政令是"纵民竞渡"，百姓们赚到钱后，就要刺激消费，拉动内需。范仲淹先是交代手下买来几艘可供竞赛的龙舟，与手下组成几支队伍，在西湖上开展划龙舟比赛。

"范大人在划龙舟！""大家快来看哪！范大人在划船！"看到平日里高高在上的官员们"下水"划船，百姓们纷纷叫喊起来，一时之间，岸上站满了围观的百姓。

范仲淹看到岸边围满了观众，便趁机向大家宣布龙舟竞赛一事："各位乡亲，我们将在七日后举办杭州城划龙舟大赛，希望大家能够踊跃参加！"

百姓们见状，纷纷叫好答应。这之后，整个杭州城的造船坊都日夜赶造龙舟，订单数源源不断，远超原先一年的数量。无论是富人还是家境一般的老百姓，大家纷纷走出家门，参加龙舟竞赛。还有一些外地游客特意赶来杭州，一睹龙舟竞赛的盛况。一时间，西湖游人如织，分外热闹。

就这样，杭州城的百姓和来自四面八方的游客在游玩中消费，推动了交通业、旅游业和服务业等行业的发展，使得原本在灾年无法维生的商家重新开张，佣工数万。范仲淹的第二个政令也取得了不错的效果。

时机成熟后，范仲淹开始实施第三步计划——抬高粮价。饥荒之年，人们最愁的就是无粮可买。范仲淹将杭州的粮价抬升，从原来的每斗百二十，抬高至每斗百八十，远远高出全国平均价格。俗话说，买涨不买跌。那些察觉到商机的各地粮商，生怕谷价继续上涨，连夜赶来杭州收购粮食。这样，杭州农户们的粮食都卖了一笔好价钱。然后，谷价又日渐回落，最后，"斗价一百，民聊以生"。

范仲淹的三道政令发布后，远在汴京的宋仁宗便听说了。虽然有监司上奏指责范仲淹"嬉游不节，不恤荒政"，"公私营造，伤耗民力"。但宋仁宗并没有听进去，他知道以范仲淹的智慧，足以应对这场饥荒，这些举措的背后一定有他自己的道理。

果不其然，范仲淹发布赈灾三令没多久，杭州城的百姓又恢复了往常安居乐业的生活。那一年，灾情席卷了浙东、浙西的大部分地区，唯有杭州比较安定，没有出现大量百姓逃荒的现象，这无疑归功于范仲淹的救灾智慧。

恢复安定后的杭州城又回到了"人间天堂"的美好模样，范仲淹终于又能安心地出游。这天，范仲淹与好友相约到一江边酒家共尝鲜美的鲈鱼。看着江上渔舟穿行在波涛之中，捕鱼人撒网、收网一气呵成，将捕到的鱼儿倒在船上后又重复撒网的动作，范仲淹不禁感叹道："渔民的辛苦，原是我们平时所看不到的。"

"是啊，这捕鱼并非易事，尤其是在波涛汹涌的江水中，一不留神便会失了性命。"友人应和道。

"杭州水资源丰富，这些味道鲜美的鱼都能卖个好价钱，尤其是鲈鱼，渔民们也只能冒着生命危险去捕捞，真是不容易啊……"范仲淹正说着，他们点的鲈鱼就上桌了，二人开始动筷品尝。

鲈鱼的确鲜美无比，但想到这是渔民们冒着生命危险捕捞来的，范仲淹的心情顿时没有了来时的轻松愉快，反而多了几分愧疚之情，情不自禁吟出五绝《江上渔者》：

> 江上往来人，但爱鲈鱼美。
> 君看一叶舟，出没风波里。

此诗虽短，却意蕴丰厚。它用平常的话语表达了范

一城诗韵 HANG ZHOU

〔南宋〕马远《寒江独钓图》

仲淹对驾着一叶扁舟出没于滔滔风浪中的渔民的关切与同情，显示了身居高位的范仲淹对人民大众的悲悯情怀。

范仲淹虽然在杭州只当了两年的市长，但他一直都以关心杭州百姓的疾苦为己任，践行着"先天下之忧而忧，后天下之乐而乐"的伟大理念。范仲淹的忧乐情怀与杭州的湖山美景相互成就着，杭州人民也一直敬爱着这位爱民如子的老市长。

参考文献

1.〔宋〕范仲淹著,李勇先、王蓉贵校点:《范仲淹全集》,四川大学出版社,2002年。

2.方健:《范仲淹评传》,南京大学出版社,2011年。

3.曲延庆、孙才顺:《先忧后乐范仲淹》,齐鲁书社,2002年。

一城诗韵

HANG ZHOU

五、自意本杭人 ①
——造福杭州的苏东坡市长

1. 反对变法，苏轼被外放杭州担任副市长

　　轼见安石赞神宗以独断专任，因试进士发策，以"晋武平吴以独断而克，符坚伐晋以独断而亡，齐桓专任管仲而霸，燕哙专任子之而败，事同而功异"为问。安石滋怒，使御史谢景温论奏其过，穷治无所得，轼遂请外，通判杭州。②

　　六月的雨，淅淅沥沥，绵绵无绝期。黄梅时节家家雨，家家都为晒不干衣服而发愁。而这些发愁的人里，有一个高大的身影显得格外落寞。

　　这个落寞的身影就是今天故事的主人公——为了变法添新愁的苏轼。

　　这位主人公这年三十五岁，在一场与王安石的变法"较量"中，被怒不可遏的王安石大声呵斥："苏轼才高，但所学不正。"最终，宋神宗听从王安石意见，罢黜了苏轼，因此，苏轼只得远赴杭州任职通判。临近中年，却遭遇职位上的大调动，从中央到了地方，远离京师赴任，这对上有老下有小的苏轼而言确实是个不小的挑战。

①"自意本杭人"，出自苏轼的《送襄阳从事李友谅归钱塘》。
②〔元〕脱脱:《宋史·苏轼列传》，中华书局，1975年，第10808页。

在接到调任通知的一个月里，苏轼陆陆续续收拾行囊，把要去杭州工作的消息该写信的写信，该赠诗的赠诗，亲朋好友都通知到位。宋神宗熙宁四年（1071）七月，苏轼带领夫人王闰之①、长子苏迈和不满周岁的次子苏迨，以及大大小小几马车的家当起身离京，前往杭州上任。

从京师到杭州，苏轼这一路却走了将近五个月。你要是问他为什么这么慢，他会双眼微合，捋捋胡子，慢悠悠地说："人生就像一场旅行，不必在乎目的地，在乎的是沿途的风景以及看风景的心情……"心中郁闷惆怅的苏轼先去了陈州（今河南淮阳市）看望弟弟苏辙一家，并且游山玩水待了70多天，可是那风景秀美的柳湖也没能拂去苏轼心中的那抹惆怅……

眼看着酷暑的炎热已经渐渐散去，天气渐凉，再不赶往杭州就要碰到寒冬了，因此，苏轼一家又动身继续南下。苏辙一直送哥哥一家到了颍州（今安徽阜阳市），想起恩师欧阳修就隐居在颍州，两兄弟又去拜望恩师。欧阳修一看到苏轼脸上大大的"愁"字，再加上听到的来自朝廷的风声，了解了事情的来龙去脉，他对苏轼说："等你到了杭州任职，若是有一些事不明白的，可以去西湖边的孤山寺找找惠勤、惠思两位大师。"苏轼点点头，暗暗地记在心上。又过了二十多天，苏轼一家告别恩师和弟弟，终于水陆兼程赶往最终目的地——杭州。

在船上的苏轼望着水天相接的淮河，顿时心中的情绪和这江水一起沉沉浮浮，想到自己的前半生，也曾踌躇满志，心怀天下，现在却被迫离京，远下江南。自己的前程就如这江面一样被水雾遮掩着，叫人难以看清。

终于，宋神宗熙宁四年（1071）十一月二十八日，苏轼一家抵达了杭州。一到杭州，苏轼就感到心胸一阵开阔。路过西湖边，天色蒙蒙，眼前的西湖仿佛梦中见过一般，苏轼有一种久违的宁静和愉悦。

就这样，苏轼平复了心情，先去拜见了自己的新上司——杭州太守沈立，参观了工作单位——杭州府，然后和妻儿一起到了政府分派的单位用房。

接下来，苏轼会在杭州任职四年。任职前期，苏轼为王安石变法而感到心力交瘁，对有着种种弊端的新法的推行极力抗拒，写下了《初到杭州寄子由二绝》吐露心声：

> 眼看时事力难胜，贪恋君恩退未能。
> 迟钝终须投劾去，使君何日换聋丞。
>
> 圣明宽大许全身，衰病摧颓自畏人。
> 莫上冈头苦相望，吾方祭灶请比邻。

工作的烦闷使得苏轼常常外出散心，因而对杭州的山水产生了极大的兴趣。杭州的山水给予了苏轼莫大的心情寄托，他或泛舟于西湖之上，或攀登孤山、凤凰山，或结交僧侣，或赏花，或喝酒。苏轼与杭州不可分割，杭州是苏轼心中不可忘怀的第二故乡。

2. 遵照嘱托，造访孤山惠勤、惠思二僧

（熙宁四年）十二月一日，轼游孤山，访惠勤、惠思二僧，有诗。辙次韵。惠勤盛赞欧阳修。[1]

熙宁四年（1071）的十二月一日是一个传统的热闹节日——腊日。在这家家户户庆团圆的日子里，苏轼看

①孔凡礼：《三苏年谱》，北京古籍出版社，2004年，第625页。

着家中里里外外忙活着的仆人们，却又帮不上什么忙，热闹仿佛都与自己无关，只想找个安静的地方待着，出院子一看，天阴沉沉的，快要下雪了。

看着远处半隐在云雾中的宝云山，突然想起恩师欧阳修说起过西湖边的孤山寺有两个叫惠勤、惠思的和尚，可谓"法力无边"。惠勤"其人聪明才智，亦尝学问于贤士大夫"，虽身在山中，却曾来往京师二十多年，对民间杂事了解得清清楚楚；惠思写起诗来还能让人拜倒在他的袈裟下。"恩师的嘱托不能忘记，趁着天色还没暗，这就起身去拜访惠勤、惠思大师，看看能被恩师称赞的智僧到底有何高明之处。"

苏轼戴上草帽，带着仆人走出了家门。走前还不忘跟屋里忙活着腊日"盛宴"的第二任老婆——王闰之（发妻王弗的堂妹）交代一句："闰之啊，我出去西湖边会个朋友，如若回来晚了，你们先吃。"

苏轼带着仆人往孤山上走，一路都是参天的大树，空气都好像是绿色的。苏轼不由得停下了脚步，叫仆人跟他一起在这"天然氧吧"里做深呼吸。"大人，这空气真是新鲜，比起咱们开封的还好呢！""别说话，小心你的浊气污了这仙气，静静感受……"主仆二人像两具蜡像一般站在山道中。"这惠勤还真是个会享受的和尚，在这么好的环境里修行，不成佛也难咯。"二人继续走在山道上，一路停停看看，逗逗鸟儿，看看鱼儿，好像是来"冬游"的。

山路渐渐变狭窄了，行走变得困难起来，二人一步一步小心翼翼地挪动着。"这路着实窄小，不知这山上之人平日里都是如何通行的……""大人，您可千万小心脚下，咱们慢慢走，也可顺便多感受感受这新鲜空气啊！"苏轼扶着山壁小心翼翼地走着，心里暗暗想："如若府衙财政许可，来年定要把这些山路好好修上一修。"

渐渐地，一座禅房从青翠的绿色中浮现出来。"大人！孤山寺好像就在前方了！"仆人扶着苏轼加快了行走的脚步。

禅门虚掩着，一座竹屋，几扇纸窗，和这孤山的深邃幽静倒是很相配。禅房里静悄悄的，苏轼悄悄走到窗前一看，禅房内有两个和尚正在蒲团上打坐。天还未暗，阴沉沉的，房内暖黄色的烛光显得格外温暖。看到这美好又宁静的画面，苏轼一时怔住了，没承想身后的仆人被禅房点的香烛呛得打了个喷嚏。苏轼猛地一惊，心想："这回造访确实冒昧了。"

苏轼整理好衣衫，摘下草帽，敲了敲虚掩的禅门。惠勤、惠思二人早就知道门外有人，听见敲门声，赶忙起身开门迎客，一看这门口站着的是一位身长七尺有余，气度不凡的先生，旁边跟着一个仆人打扮的毛头小子，两位大师当下明了这位先生身份并不简单。

"两位大师，在下苏轼，字子瞻，是杭州府刚上任的通判。今日造访，实属冒昧。听闻二位素来熟知民间杂事，特来拜访请教。在下恩师欧阳永叔先生提起您二人是赞不绝口啊！"进入禅房后，苏轼毕恭毕敬地向两位大师作了个揖。

"阿弥陀佛，小僧不知原来是通判大人到来，有失远迎。"惠勤说道，"原来通判大人是欧阳先生的门生，我等二人对欧阳先生也是敬佩不已，不知他近来可好？""先生目前住在颍州，我前几日来杭州之时路过便去探望了先生，先生一切都好，劳大师挂心了。"惠思走上前来："小寺破落，大人一路跋涉而来，煞是辛苦，在下去略备些素食薄汤，给大人暖暖身子。"说着，便叫二小僧去准备吃食。

苏轼连忙摆手："不劳大师辛苦，今日突然造访，实属打扰，不敢再麻烦二位。"

惠思也就转身坐下，上下打量着这位刚从开封过来的通判大人。"大人此次来杭任职，不知对杭州印象如何？"惠思问道。

苏轼说道："杭州空气清新，景色秀美。但我初来杭州，所走的地方还不多，了解更少。两位大师久居杭州，还想请大师们指教一二。"

"大人抬举贫僧了。大人可曾去过西湖转转？西湖景色秀丽，四时景色大有不同，是个值得一游的好地方。"惠勤边给苏轼倒茶，边说道。

"那我改天去西湖转悠转悠，前两天我刚到杭州时便去西湖转了一圈，看着景色还不错，烟雨蒙蒙，颇有山水画的意境！"

"杭州的山水确实十分秀美，除了西湖，运河也是，但积年累月下来，有一处'顽疾'还是要尽早'医治'，即河道问题。运河的河道常年淤积，百姓苦不堪言，急需疏浚。"

"河道淤积确实是一个急需解决的问题，多谢两位大师提醒，我回去便再做详细的考察，早日将淤积的河道疏浚。"

苏轼将杯中茶一饮而尽，心中暗暗记下运河淤塞之事。站在身旁的仆人看着窗外天色渐渐暗下来，悄悄地拉了拉苏轼的袖子，在耳边说道："大人，天色不早了，我们得赶回家，夫人还等着您吃晚饭呢！"苏轼刚想说再坐一会儿吧，肚子却不争气地叫了起来，无奈之下只好起身向惠勤、惠思告辞："今日一见，二位大师果然气宇非凡！但天色已晚，我等还是先回去了，以免家人记挂。下次再来和二位大师一谈古今！"

两位大师把苏轼主仆二人送到半山腰，就告别回去了。苏轼主仆一路走一路说笑，竟比来时快了一半到达山下。再回头看孤山景色，那一座竹房又隐在了一片翠绿之中，只有那佛塔的尖顶还能被远远看见。

到家吃了腊日"团圆饭"后，苏轼起身走进了书房。回想起今日的访僧之行，心中恍惚，好像去山中神游了一番，几经思量后，苏轼提笔写下了《腊日游孤山访惠勤惠思二僧》：

> 天欲雪，云满湖，楼台明灭山有无。
> 水清出石鱼可数，林深无人鸟相呼。
> 腊日不归对妻孥，名寻道人实自娱。
> 道人之居在何许？宝云山前路盘纡。
> 孤山孤绝谁肯庐？道人有道山不孤。
> 纸窗竹屋深自暖，拥褐坐睡依团蒲。
> 天寒路远愁仆夫，整驾催归及未晡。
> 出山回望云木合，但见野鹘盘浮图。
> 兹游淡薄欢有余，到家恍如梦蘧蘧。
> 作诗火急追亡逋，清景一失后难摹。①

①盘纡：迂回曲折。晡：傍晚。浮图：佛塔。蘧蘧：梦幻貌。亡逋：逃亡的人，这里借指即将消逝的所见景色。

3. 登望湖楼，暴雨声中诞生绝美诗句

（熙宁五年六月）二十七日，轼登望湖楼醉书五绝。①

大家常说，北京人不会经常去故宫，上海人也不会经常去外滩，而杭州人却是有事没事就会去西湖转悠，苏轼就印证了这一点。

熙宁五年（1072）六月二十七日，工作的疲惫让苏轼只想亲近大自然，于是他约着太守沈立一同去游览西湖，没想到遭到了他的"无情"嘲笑："我说子瞻啊，这西湖你咋就逛不厌呢，还不如去喝酒吃肉，满足一下口腹之欲！""哼，西湖风光四时不同，当然值得经常游玩，你不去我自己去。"

被好友泼了冷水的苏轼只能带着仆人上路，这回他就想好好在西湖上玩玩。

刚上船时，船夫看了看远处黑压压的乌云就说："大人，过会儿怕是要变天，您可要做好心理准备。""无妨无妨，西湖的阴晴雨雪都别有风味，淋下雨也不是什

①孔凡礼：《三苏年谱》，北京古籍出版社，2004年，第642页。

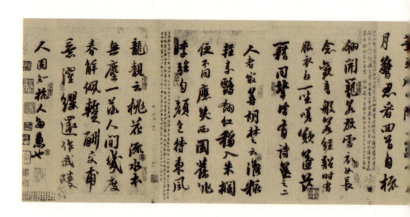

么大事。""得嘞,大人,那您坐稳了,开船咯!"船刚驶出码头,远处的黑云就慢慢靠了近来,船夫为了不让通判大人淋湿,将船往望湖楼方向驶去,这样就算有暴雨也能及时躲避。

当船划到望湖楼下时,没想到原本慢悠悠的黑云突然加快速度袭来,就像泼翻了一盆墨汁,半边天空霎时昏暗。船夫赶紧将船停靠岸边,让通判大人上望湖楼。

苏轼刚在望湖楼落座,那团加快的黑云不偏不倚,就直向湖上奔来,一眨眼间,便泼下一场倾盆大雨。"幸好幸好,还是船夫有远见,不然今天要成落汤鸡了。"苏轼一颗悬着的心终于放下了。

这暴雨对于室内的人来说倒是一场美的享受。暴雨下落,只见湖面上溅起无数水花,那雨点足有黄豆大小,纷纷打在船上,就像老天爷把千万颗珍珠一齐撒下,船篷船板,全是一片乒乒乓乓的声响。

苏轼惬意地喝着酒赏着雨,而有些人却没能逃过落汤鸡的命运。不远处湖心的几只小船上有人吓慌了,叫嚷着要靠岸,可船夫也不是神仙,哪有瞬移的本事,于

〔北宋〕苏轼《天际乌云帖》

是暴雨声和叫嚷声混响成了一片。

除了游客惊慌的叫喊声，还有采莲女们急切的叫卖声。采莲女们赶在暴雨来临前摘下荷花，然后将船只停靠在望湖楼旁边，将新采的荷花卖给游客来谋生。她们不在乎头上身上的首饰被雨打湿，只要荷花没被摧残就好。

那团黑云好像恶作剧得逞似的，又快速飘走了，还不到半盏茶工夫，雨过天晴，依旧是一片平静。水映着天，天照着水，碧波如镜，又是一派温柔明媚的风光。"唉，这世间，多的是如此的过眼云雨啊！"苏轼朝远处看去，只见远处的群山依然映着阳光，全无半点雨意。

"大人，风雨过去了，我们还要继续前行吗？"船夫在船上对苏轼喊着。"好！我这就下来，咱们继续出发！"虽然不舍望湖楼的好酒，苏轼还是回到了船上，短暂的风雨带走了初夏的一些燥热，留下了恰好的凉爽，让微醺的苏轼瞬间清醒了起来。

小船继续往湖中央行驶着，湖里的鳖趁着雨后浮上来呼吸清新的空气，在荷花堆里乱窜。苏轼一看这充满生机的画面，对船夫说："咱们西湖的生态环境还是非常不错的哈，这么多鳖也能自由自在地生长。""是啊，大人，自从以前的通判大人王钦若为皇帝祈福，上书以西湖为放生池，禁捕鱼鸟后，西湖就成了禁捕区和禁植区，我们都不能捕捞这些鱼啊鳖啊，也不能私自种植农作物，这些鱼鳖生长无忧，再加上来来往往游客的投喂，长得那叫一个肥哦！"苏轼看到不远处不仅有一片片的荷花，还有野生的乌菱和茭白。看着这生机勃勃的大自然，因公务繁杂而累积的疲惫一扫而空，留下的只有舒适和惬意。放松下来的苏轼在小船的摇摇晃晃中起了困意，船夫赶忙把准备好的枕席放在舱中，让苏轼躺一会儿。船儿枕着湖面随风起伏，群山跟着流水俯仰生姿……

天渐渐地暗了下来，湖上刮起了风，小船随风漂荡。苏轼坐在船上，看着渐渐浮现的月亮，想起前辈偶像李白曾经说过："我歌月徘徊，我舞影零乱。"恍惚间，船的游荡也和月的徘徊轻轻牵拢，拉到一块来。船在徘徊，月也在徘徊，但苏轼不知是月亮引起船的徘徊，还是船儿逗得月亮也欣然徘徊起来。"如果是风的力量使船在水上徘徊，那又是什么力量让月亮在天上徘徊呢？还有，这两种徘徊，到底是相同还是不同呢？"苏轼想着，今晚回去定要将它弄个清楚。

苏轼回到家中，整理心情，回想起一天在西湖的所观所感，写下了脍炙人口的《六月二十七日望湖楼醉书五首》：

其一

黑云翻墨未遮山，白雨跳珠乱入船。
卷地风来忽吹散，望湖楼下水如天。

其二

放生鱼鳖逐人来，无主荷花到处开。
水枕能令山俯仰，风船解与月裴回。

其三

乌菱白芡不论钱，乱系青菰裹绿盘。
忽忆尝新会灵观，滞留江海得加餐。

其四

献花游女木兰桡，细雨斜风湿翠翘。
无限芳洲生杜若，吴儿不识楚辞招。

其五

未成小隐聊中隐，可得长闲胜暂闲。

我本无家更安往，故乡无此好湖山。

4. 游寿星寺，寻找那似曾相识的归属感

钱塘西湖寿星寺老僧则廉言，先生作郡倅日，始与参寥子同登方丈，即顾谓参寥曰："某生平未尝至此，而眼界所视，皆若素所经历者。自此上至忏堂，当有九十二级。"遣人数之，果如其言。即谓参寥子曰："某前身山中僧也。今日寺僧皆吾法属耳。"后每至寺，即解衣盘礴，久而始去。则廉时为僧维待仄，每暑月袒露竹阴间，细视公背，有黑子若星斗状，世人不得见也，即北山君谓颜鲁公曰"志金骨，记名仙籍"是也。①

苏轼在杭的几年间，几乎游遍了杭州大大小小的寺院。好像冥冥之中，总是有一种声音在召唤他，幽静、庄严的寺庙能让苏轼的心灵得到宁静和慰藉。

苏轼自己也搞不懂为什么总觉得与佛教特别投缘，直到有一天，他来到了西湖边的寿星寺，记忆好像忽然闪回到前世，原来苏轼的前世竟然和佛教有着如此奇妙的联系！

苏轼有很多佛教好友，其中称得上"莫逆之交"的就是"妙总大师"道潜，别号参寥子。道潜文学造诣极高，是苏轼文学上的"知音密友"。一天早上，苏轼与道潜约好去西湖边散散心。走着走着到了北山葛岭，看到不远处有座寺庙，从未游玩过，"咦，这寺庙我从未去过，但为何有种陌生的熟悉感……"苏轼心里燃起了好奇的小火苗，拉着道潜信步走向寺院欲一探究竟。

①〔北宋〕何薳：《春渚纪闻》卷六，中华书局，1983年，第93页。

一城诗韵 HANG ZHOU

这是北山的寿星寺，四面环山，有一大片的茶园，弥漫着沁人的清香。

苏轼闻着茶香走进了寺院，但随着寿星寺全貌在眼前展开，苏轼走着走着就停下了脚步，双眉紧锁，疑惑地对道潜说："欸，真是奇了怪了，我明明从未到这里游玩过，明明是第一次走进这个寺院，但为什么眼前的情景这么熟悉？总觉得好像以前在这里生活过似的。"

道潜看着睁着大大的眼睛充满着疑惑的苏轼，随口说道："子瞻兄，这很正常，此乃佛家圣地，有可能是你前世的记忆被唤醒了，我也经常到一个陌生的地方却有似曾相识的感觉。"

道潜的话并没能消除苏轼心头的疑惑，苏轼郑重其事地走到一个台阶的前面，很笃定地说："如果我没有记错，从这里到忏堂，应有九十二级台阶。"

这精确到具体数字的话有点玄乎了，似乎一秒钟苏轼就成了穿越前世的主人公。这也引起了道潜的兴致，赶紧叫人来数数，后想了想又不放心，就和苏轼一同上前沿着台阶去数，要亲身证实。

只见苏轼和道潜二人弯着腰沿着台阶一步一步往忏堂走去，两个人都憋着一股气，小心翼翼地数着。

"……79……89，90，91，92！"

"神了！"道潜激动地大跳起来，把旁边还在专注数数的苏轼吓了一跳。"淡定啊道潜，你刚才不还和我说这是挺正常的嘛。"苏轼不禁开起了道潜的玩笑。

"嘿，这不是没想到吗！老兄你还记得别的什么吗？"

苏轼沉思良久，对惊奇莫名的道潜说："我一定在这座寺院里生活过，莫非我前世是这里的僧人？"

"哈哈，原来子瞻兄前世也是个和尚！"道潜一边说着，一边请苏轼坐下喝茶。

知道寺院有九十二级台阶，这不可思议的事经常萦绕在苏轼的心头。此后，苏轼只要一有空闲，就会来寿星寺逛逛，寻找他前世的记忆。

一个夏日的午后，苏轼又来到寿星寺，走到他熟悉的竹林后面，宽衣解带，盘腿打坐，苏轼认为这是用肉体唤醒前世记忆的最好方法，常常一坐就是一天。

不巧的是，原本住持都吩咐过寺僧不能去后面竹林打扰通判大人打坐，但今天新来了个小和尚，为表现自己的积极勤奋，就提着扫帚来到竹林，心想着："这片竹林从未见师兄们来打扫，我要是打扫干净了，师父一定会夸我！"想得美滋滋的小和尚悄悄走向竹林，没承想，一个光溜溜的宽厚的后背映入他的眼帘。

"天哪，怎会有人在佛门圣地不穿衣服搁那儿打坐，实在是阿弥陀佛。"小和尚心里默念了一百遍"眼不见为净，眼不见为净……"却还是忍不住看了看这个光着膀子的人。

没想到这不看不知道，一看吓一跳！这个光膀子大汉居然背上有七个黑点，形状如北斗七星一般。

"难道是天公下凡？"小和尚心惊胆战地跑回去告诉

苏轼《辩才帖》

了住持师父，却被狠批了一顿，并被告诫"今日之事，不可对旁人说起"。此且按下不说。

苏轼的前生前世虽不可考证，但他与杭州、与佛教的渊源确实不浅。在杭任职的日子里，从初任时的抑郁不得志，到寄情于山水，游历佛教圣地，再到踏实为百姓做事。苏轼在杭州有了"自意本杭人"的归属感，他在《送襄阳从事李友谅归钱塘》中就抒发了这种情感：

居杭积五岁，自意本杭人。
故山归无家，欲卜西湖邻。
良田不难买，静士谁当亲。
髯张既超然，老潜亦绝伦。
李子冰玉姿，文行两清淳。
归从三人游，便足了此身。
公堤不改昨，姥岭行开新。
幽梦随子去，松花落衣巾。

5. 出任市长，疏浚西湖造福后人

取葑田积湖中，南北径三十里，为长堤以通行者。

吴人种菱，春辄芟除，不遗寸草。且募人种菱湖中，
葑不复生。收其利以备修湖，取救荒余钱万缗、粮万石，
及请得百僧度牒以募役者。堤成，植芙蓉、杨柳其上，
望之如画图，杭人名为苏公堤。①

在阔别杭州十六年后，苏轼于元祐四年（1089）以
龙图阁学士出任杭州知州。黄庭坚认为苏轼出任杭州知
州是"得其所"。的确，此次出任对苏轼来说是一件幸事，
而对杭州以及杭州千千万万的百姓而言，更是一件幸事。

元祐四年（1089）七月三日，苏轼终于回到了他日
思夜想的杭州。站在西湖边，他迫切想要找回记忆里的
美景。但未曾想，水光潋滟早已无处寻找，山色空蒙也
非复往昔。眼前的西湖，已经失去了往昔的"诗意"，
取而代之的是一片荒草丛生、湖水干涸、到处淤泥的衰
败景象……历任地方官用湖不治湖，致使西湖淤泥日增，
葑草蔓生，湖面日益缩小，水也越来越少。

面对眼前西湖的一片衰败景象，苏轼痛心不已，再
也没了闲情逸致。他下决心疏浚西湖，恢复往日的秀丽
风光。于是，毅然上书朝廷，请求开浚西湖。苏轼向朝
廷进呈《杭州乞度牒开西湖状》，列举西湖不可废的五
个理由：一，西湖从已故宰相王钦若开始，已成为君主
祈福的放生池，一旦埋废，湖中的鱼鳖都将成为涸辙之鲋，
这让杭州的主政者情何以堪。二、西湖如听任葑草蔓生，
会失去杭州民用饮水水源，因为自唐以来，杭州民用六
井之水，都是用瓦管、竹筒引自西湖。三、西湖之水供
杭州城郊农田灌溉之用，如西湖一旦淤塞，必将影响农
业生产，还要影响城中运河航行。四、西湖本可以补给
流经杭城的运河水的不足，一旦埋塞，就需引进裹泥带
沙的钱塘江水，没几年又需调集大量民力疏浚淤滞的河
道，不仅影响城市容貌，而且带来治安隐患。五、杭州

①〔元〕脱脱：《宋
史·苏轼列传》，
中华书局，1975
年，第10813页。

每年酒税二十万缗，如果西湖干涸，无酒可酿，税收必将大为减少。在奏折中，他还写下了令人难忘的一句话："杭州之有西湖，如人之有眉目，盖不可废也。"

苏轼所进奏章，皆是实情。西湖淤塞导致粮食短缺，水资源匮乏，让百姓苦不堪言。苏轼体察民情，了解到疏浚西湖的重要性，在奏章中言辞恳切，使得朝廷也为西湖的淤塞感到担忧，就大笔一挥批准了，并拨款一百张度牒，让杭州知州赶快疏浚西湖。

何为度牒？度牒就是僧人出家的凭证。苏轼将这朝廷给的一百张度牒卖了一万七千贯钱，再加上救荒余款，开始了疏浚西湖的行动。

别看苏轼是一介书生，真做起事来，却是个实干家！

〔南宋〕陈清波《湖山春晓图》

他通过对西湖及周边环境的细致考察，巧妙地变废为宝——从湖底运出的一部分淤泥，用作农田基肥，让原来的沼泽地变成肥沃的农田。然后利用这些地，募集社会闲散人员和外地农民前来耕作，不仅使得那些平日里偷鸡摸狗的游民变成安分守己的良民，而且一部分收获用来缴纳赋税，又可以作为治湖的费用。另一部分淤泥，则堆积建造了一条沟通西湖南北的长堤，并在堤上造了六座桥，种下各色花草树木。这么一来，把西湖淤积的源头处理得干干净净，也为西湖的长久通源打下了良好的基础。

疏浚后的西湖又恢复了往日的生机，再次游西湖的苏轼感慨万千，写下《开西湖》一诗，记录了杭城水利史上浓墨重彩的一笔：

> 伟人谋议不求多，事定纷纭自唯阿。
> 尽放龟鱼还绿净，肯容萧苇障前坡。
> 一朝美事谁能继，百尺苍崖尚可磨。
> 天上列星当亦喜，月明时下浴金波。[①]

西湖治理好了，苏轼的任期也到了，而苏轼与杭州的缘分却是永远地保留了下来。不管是西湖十景之一的"苏堤春晓"，还是美味永流传的东坡肉，都是杭城百姓对这位为民干实事的伟大诗人的最好纪念。

①唯阿：应诺声，形容卑恭顺从。萧苇：芦苇一类的植物。列星：天空定时出现的恒星。

参考文献

1.〔宋〕苏轼：《苏轼全集》，大东书局，1937 年。

2.〔宋〕苏轼著，孔凡礼点校：《苏轼文集》，中华书局，1986 年。

3.林语堂：《苏轼传》，上海书店出版社，1989 年。

4.孔凡礼：《三苏年谱》，北京古籍出版社，2004 年。

5.何晓苇、杨兴玉、方永江编著：《东坡西湖研究》，中国文史出版社，2017 年。

6.郭宏文、陈艳婷：《苏轼：一蓑烟雨任平生》，团结出版社，2018 年。

7.孙涛：《各领风骚数百年》，南方日报出版社，2006 年。

六、门前春水碧于天①
——寄情西湖的朱淑真

1. 西子湖畔，朱淑真初识爱情滋味

（朱淑真）时牵情于才子，竟无知音。②

　　美丽的杭州自古就是一座爱情之都，连空气中都常常散发着浪漫的爱情气息，从古到今的爱情故事和传说总要将地点设定在杭州才算是奠定了浪漫基调。"西湖的水，我的泪"，白娘子与许仙动人的爱情故事，为西湖增添了浪漫而又神秘的色彩；梁山伯与祝英台在万松书院互生情愫，最终化蝶成双的故事，更是家喻户晓，流传深远。

　　在这座城市的女子从小就生长在浪漫的氛围中，都期盼着能有一段"愿得一人心，白首不相离"的忠贞爱情，这大概也是世间女子最相似的愿望了。

　　一代才女朱淑真就出生在浪漫的杭州，优越的家庭条件使她自小就接受良好的教育，琴棋书画样样精通，小小年纪便已展露出不俗的气质，诗词尤其出众。爱好诗词的女子心思往往比较细腻，朱淑真喜欢一个人呆坐在院子里静静地想心事。

①"门前春水碧于天"，出自朱淑真的《春日杂书》。
②〔明〕田汝成辑撰：《西湖游览志余》，上海古籍出版社，1958年，第312页。

〔清〕吴嘉猷《朱淑真像》

正值豆蔻年华的朱淑真也有着春心萌动之时，尤其是当她在诗词中读到才子佳人的故事时，总会暗暗地在心里憧憬着，那个未来能够读懂自己心事的人会是谁呢？他现在又在哪里呢？朱淑真在书里读到南朝梁国的开国之君——梁武帝萧衍，他玉树临风又才华横溢，很快便成为了朱淑真心目中的理想伴侣。

古代女子在出嫁前出行多受约束，而朱淑真却常常趁家里人不注意便溜出去参加一些文人雅士的集会，吟诗填词。在一个春水碧于天的时节，朱淑真与好友们相聚在杭州西子湖畔，可谓是"谈笑有鸿儒，往来无白丁"，朱淑真虽是女子，却受到了热烈的欢迎，不仅是因为她的家世，更是因为她出众的才气。

在众多的文人雅士中，朱淑真发现了一个新面孔，他虽穿着朴素，但飘逸不俗、气宇轩昂，十分惹人注目。朱淑真向熟识的好友打听这个人的身份，得知是一个刚刚赶来杭州要去投奔亲戚的书生。朱淑真暗暗记在心中，十分欢喜，眼前这个丰神俊朗、才貌不凡的男子就是自己梦想中的伴侣，但碍于女子的特殊身份，朱淑真不敢与他开口交谈，直到雅集结束，那个书生也未能知晓她的心意。

朱淑真既为西湖雅集能够见到这样俊朗飘逸的男子而感到高兴，又为不能吐露自己的心意而感到遗憾和失落，只能怏怏而归。

回到家中的朱淑真开始有了女儿家暗恋的情思，吃不香睡不着，只是想着那日在西湖边遇到的书生，将自己的满腔爱恋之情都填入诗词中。

一日，朱淑真正坐在窗边发呆，突然传来一阵急促的脚步声，侍女急急忙忙地跑进来，朱淑真见状以为出了什么大事，忙问怎么了。

"小姐小姐，那日西湖边的那位公子来了！"侍女兴奋地说道。

"公子？哪位公子？"朱淑真一时间摸不着头脑。

"就是小姐您日思夜想的那一位呀！"侍女说完后坏笑着低下了头。

是他！朱淑真心里猛地一惊！但又不好表露出来，娇嗔着打了一下侍女的头："你这小丫头，可不敢胡说，我哪有什么心上人。"

"是是是，小姐，咱们快换衣服吧，老爷叫您去见客呢。"

朱淑真换好见客的衣服，便出门去给客人见礼。刚穿过花园，便看到父亲正与那位客人站在园中聊天，朱淑真忙过去见礼。男子也急忙拱手还礼，两人的眼神一交会，一刹那仿佛火星四溅，二人一时都愣住了，都认出了对方是西湖雅集的"那位"。

见女儿愣在那儿，父亲赶紧清清嗓子咳了两声，朱淑真这才回过神来。父亲介绍说这是家里的一位远房亲戚的孩子，这次来杭读书，原本投靠了一位好友，但好友家中突生变故，便来到了这里，要寄住一段时间。

朱淑真听得恍恍惚惚的，但听到要在家中住一段时间时心里已经乐开了花。哪个少女不怀春，朱淑真天真地以为她的爱情春天就要来到了。

当日，书生便在朱家的东偏房住下了。朱淑真的喜悦之情难以言表，常常寻得机会，偷偷与他吟诗对词。书生对这位才貌双全的小姐也十分喜欢，二人的感情日渐浓厚。

这一天，晴空万里，夏日的杭州城充满了活力。朱淑真的父亲因公事外出，母亲又回娘家探亲去了，朱淑真便来到东偏房与书生切磋诗词。书生看着外面的好天气，想到自从上次西湖雅集后便一直待在朱家苦读，没有机会外出，便提议同游西湖。

朱淑真十分开心，这是她期盼已久的同游！自从书生在家借住后，二人日日赏词作画，早已两情相悦。于是，二人更衣打扮后一前一后悄悄地出了朱家的大门，来到西子湖畔。

"毕竟西湖六月中，风光不与四时同"，仲夏时节的西湖是属于荷花的。一片片碧绿的荷叶挨挨挤挤的，透过密密层层的荷叶，可以看到亭亭玉立的粉中带白的荷花，一阵微风吹过，淡淡的清香围绕着朱淑真和书生。二人漫步湖边，尽情享受着夏日西子湖畔的风景。

"'接天莲叶无穷碧，映日荷花别样红'，诚斋先生一点也没有夸大啊！夏日的西湖真的太让人陶醉了！"书生被满目的荷花所触动。

"是啊，唐代香山居士也有诗云'处处回头尽堪恋，就中难别是湖边'，若是公子也觉得杭州值得留恋，何不……"朱淑真很想书生科考后能够一直留在杭州，但她知道若是没有取得功名，书生便要回老家去了。

书生又何尝不想就这样留在杭州呢，但寄人篱下的滋味总归难受，若不能争得一番功名，又拿什么来娶自己心爱的女子呢？

书生正想说话，突然天色变暗，一阵黄梅细雨猝不及防地从天而降，二人措手不及，匆匆跑进湖边的亭子中避雨。慌乱之中，书生抓住了朱淑真的手，这一瞬间，朱淑真心中小鹿乱撞，顾不上有没有被淋湿，只愿时光就停留在这一刻。

跑进亭子后，书生发现朱淑真身上还是被淋湿了，便脱下自己的外衫给她披上。二人情意绵绵却十分羞涩，一时间都不好意思说话。等到雨停了，朱淑真才和书生一前一后回到家里。

朱淑真换好干净的衣服，倚着梳妆台坐着，看着镜子中的自己，仔细回想刚才雨中的情景。这样甜蜜的时刻怎能不记录下来呢？朱淑真就叫侍女准备好笔墨纸砚，写下了《清平乐·夏日游湖》：

> 恼烟撩露，留我须臾住。携手藕花湖上路，一霎
> 黄梅细雨。　娇痴不怕人猜，和衣睡倒人怀。最是
> 分携时候，归来懒傍妆台。

2. 听命父母，美好初恋无疾而终

> 早岁不幸，父母失审，不能择伉俪，乃嫁为市
> 井民家妻。一生抑郁不得志，故诗中多有忧愁怨恨之
> 语。[1]
>
> ——魏仲恭《断肠集序》

古今不少文学作品都表达过这样一个主题：两情相
悦的爱情虽然甜蜜，但若是门不当户不对，往往会被扼
杀在摇篮中。

朱淑真刚刚开启的爱情之门随着书生的赶考而关闭
了。她整日将自己关在闺房之中，不愿出门。她对侍女说，
等放榜那天传来好消息，自己才会出门。昔日里二人相
处的点点滴滴都变成了最美好的回忆，朱淑真每天就守
着这些回忆度日，再把自己的思念全部倾注于笔下。

但放榜那天传来的并不是好消息，书生不仅没有名
列三甲，也不是正科进士，甚至连恩科都未能考上，直
接名落孙山了。书生知道成绩后，自知无颜面对朱家，
与朱淑真更是没有再续前缘的机会了。他怕回朱家后会
被冷眼相待，因此索性一走了之，从考场直接回了老家。
在杭州的朱淑真连一个告别都未等到，只有"未能考取
功名"这冷冰冰的一句通传之语。

原来"愿得一人心，白首不相离"是如此奢侈的愿望，

①〔南宋〕朱淑真撰，郑元佐注：《朱淑真集注》，浙江古籍出版社，1985年，第1页。

朱淑真的爱情梦就此破碎了。

日子一天天地过去，书生离开朱家已有数载，朱淑真也在相思和回忆中从一个十三四岁的少女熬成了十八九岁的大姑娘。在古代，这已经算是"大龄单身女青年"了，朱家父母眼见着自己如花似玉的女儿一天天的憔悴下去，如何能不着急不心疼呢。这些年上门来提亲的人家很多，可自己的女儿连话都没听完便拒绝了，如今已是不能再拖了，便开始为女儿准备婚嫁之事。

其实朱淑真的心早已随着书生远去，父母为她安排多么门当户对的婚事，她都已经不在意了。

这天，媒人登门求亲，朱淑真闭门不出，谢绝见人。贴身侍女进来传话："小姐，媒人说这位大人家财万贯又有功名在身，老爷和夫人乐得嘴都合不拢了。听老爷说，他还是个朝廷命官呢！"

侍女的话让朱淑真又想起了多年前书生来家时二人相遇的场景，而现在自己早已心如死灰，眼前之人再优秀又如何呢？但她也知道，身为女子，婚姻大事终是要听从"父母之命，媒妁之言"的，她已无力再反抗了，便对侍女说："去告诉父亲，就说我身子不适，不方便见客，婚姻大事，女儿全凭父母做主。"

朱家父母听到女儿的回答后，还以为是她突然开了窍了，同时也期盼着结婚后能让女儿重回开心快乐的状态。于是，朱家父母便将朱淑真的生辰八字交给了媒人，两家择选良辰吉日，将婚嫁之事提上了日程。

出嫁的前一天，朱淑真看着家中上下一片的热闹景象，仆人们忙进忙出，张灯结彩。虽是春寒料峭之时，又飘来阵阵斜风细雨，但这丝毫没有影响大家的热情，整个朱府都为着朱淑真的出嫁而忙碌着。

而婚礼的主角——朱淑真，却独自一人坐在房中，对着空空的酒杯，愁眉不展。她看着窗外斜斜的雨丝，想起了当初西子湖边与书生躲雨的情节。怎样才能忘记呢？怎么可能忘记呢？对往事的苦苦追忆让朱淑真不禁泪如雨下。那时的她与书生"娇痴不怕人猜，和衣睡倒人怀"，是多么的甜蜜和幸福啊！虽然两人都未曾表露自己的心意，但那天慌乱之中的牵手已经证明了"你中有我，我中有你"的绵绵情意，浪漫的西子湖也见证了二人的美好爱情。

可是现在，就连美好的回忆都不能再拥有了，因为自己马上就要嫁给别人，成为别家的新妇了。朱淑真斜靠在栏杆上，任凭斜风细雨吹打在自己的脸上，随着思念的泪水一起静静地流淌下去。

朱淑真想起昨晚梦中的场景，自己与书生又在西湖边相遇了，她有千言万语想对他诉说，却激动欢喜得一句话都说不出，两人就这样静静地看着对方，把所有的情思都藏在了眼睛里。突然，书生转头就走，没有留下一句话，任凭朱淑真如何大声疾呼，书生都听不到。二人分别之时，云烟漠漠，芳草萋萋，只留下朱淑真一人柔肠寸断，泪眼模糊。醒来时，枕头早已被泪水打湿，梦中短暂的相会让朱淑真更加愁苦，她只能无奈地哀叹："青天那么容易日日都能见到，而想要见到心中的那个人，怎么就如此困难？"

这天晚上，朱淑真决定再为自己年少时的爱恋写一首词，就当是为这场无疾而终的爱情画一个句号，以后，自己便不再是自由的闺阁少女，而是他人的妻子了。就这样，朱淑真写下了《江城子·赏春》：

> 斜风细雨作春寒。对尊前，忆前欢。曾把梨花、寂寞泪阑干。芳草断烟南浦路，和别泪，看青山。
>
> 昨宵结得梦夤缘。水云间，悄无言。争奈醒来、愁恨又依然。展转衾裯空懊恼，天易见，见伊难。

3. 嫁与俗夫，爱情之梦彻底破灭

其夫村恶，簠簋戚施，种种可厌。[①]

初嫁的朱淑真对生活又燃起了新的希望，因为媒人曾说丈夫也有功名在身，便一度以为自己的夫君是个值得托付之人，常常邀请他和自己共同唱和，但没承想丈夫先是婉拒了几次，后来实在推脱不开时，也只能胡乱写几句应付了事。朱淑真很是奇怪，她以为是丈夫公务繁忙静不下心来吟诗填词。

于是，趁着休假，朱淑真在花园中摆了一张桌子，上面放着文房四宝，她想借此机会探探丈夫的真才实学，也可以趁机加深二人的夫妻感情。

朱淑真早早地等在花园中，想着过会儿以什么词牌名来作词较好，可等了整整一个时辰，还未见丈夫的身影。朱淑真回到房中，硬是将还在床上睡回笼觉的丈夫拉起身来到花园。丈夫睡眼蒙眬间看到花园中间放着一张桌子，上面摆着笔墨纸砚，便知自己的夫人又要叫自己作诗了，实在是懊恼得很。

"你大早上起来就是为了让我作诗？"丈夫怒气冲冲地向朱淑真发问。

① 〔明〕田汝成辑撰：《西湖游览志余》，上海古籍出版社，1958年，第312页。

"是啊，官人，你看今天天气如此晴朗，花园又是一片姹紫嫣红，正是作诗的好机会啊！"朱淑真还未发现丈夫的怒气，边磨墨边说道。

"够了，整日里不是作诗就是填词，没个女人样子！也不知道打扮自己，也不做女红，真不知道我是娶了个妻子，还是娶了个教书先生！"丈夫一挥袖子就把桌上的笔墨纸砚全给打翻了，他早已不满这个冷冰冰的妻子，不仅不温柔体贴，还老是以读书人的身份来考他。

朱淑真被丈夫突如其来的愤怒举动吓了一大跳，她不知自己做错了何事，竟惹得丈夫动这么大的怒，于是耐着性子问他："官人，你这是怎么了……你不也曾考取功名吗？为何不喜吟诗填词呢？"

"呵！功名？那都是媒人骗你的，实话告诉你吧，这官职也是我花钱买来的！"丈夫冷笑一声，对着满脸惊讶的朱淑真又是一顿臭骂。

朱淑真这才发现自己的夫君并不是所谓的"朝廷命官"，也不是有功名在身的读书人，他只是一个粗鄙的商人，花了钱买了这所谓的官职。

丈夫留下一句"我要出门几月，你自己在家和你的诗词过去吧"，便拂袖离去，只留下惊慌失措的朱淑真和满地狼藉的物品。

朱淑真彻底失望了，她知道丈夫的"出门"只是去另外一个"温柔乡"的借口，眼前的丈夫与年少时倾慕的书生相比，简直就是天壤之别！朱淑真为自己刚开始时还对婚姻抱有一些希望而感到厌恶，这样的一个世俗粗人如何能读懂自己的心思呢！

这个世间，往往存在着这样一条定律，那就是不该把任何人或事想得过于美好，因为一旦达不到自己的期望时，便会彻底失望，心如刀绞，倍感痛苦。朱淑真爱情幻灭后好不容易建立起来的希望再一次轰然坍塌了。

好在朱淑真还在杭州，这方温润的土地滋养着人们，也抚慰着人们难以愈合的伤口。

又是暮春之时，朱淑真一个人在房中看书，丈夫已有好几个月没有踏进自己房门，她也不愿以笑脸相迎，因为她是一个那么热爱文学同时又那么孤傲的人。午后，朱淑真觉得实在无聊，心中又闷闷的，不爽快，便决定出门去西湖边走走。西湖的记忆又一次涌上心头，故地重游也是为了更好地纪念那个故人。

朱淑真独自一人来到西湖边。暮春时节的西湖仿佛被烟雾笼罩一般，仔细一看，原来是两排柳树长出的柳絮到处纷飞，它们随风飘荡，仿佛想要留住这个将要离去的春天。花色渐褪春将暮，谷雨过后，红花渐渐稀少，绿茵慢慢繁盛，远处的群山一片墨绿色，显得深沉又端庄。山间不时传来杜鹃鸟的叫声，极其哀切。朱淑真听后，愁思又涌上心头，她想起了年少时爱慕的书生，若是子规也能这样声声地唤他归来该有多好。

不知不觉间，已是日暮时分，朱淑真刚要回家时，又下起了潇潇细雨。这悄然飘洒的雨仿佛也想留住朱淑真的脚步，朱淑真只好躲进西湖边的亭子中避雨。数年前自己曾在亭中与书生两情相悦，年少时的爱恋到现在回想起来都格外甜蜜。其实朱淑真已经很久没有想起过他了，在嫁为人妇后，她已决心开启新的生活。但没想到，触景生情竟是让人如此的伤怀。

〔南宋〕朱绍宗《菊丛飞蝶图》

　　朱淑真觉得不能再在西湖边待下去了，就不顾一切地冲进了雨幕之中，任由雨水打在自己的脸上，只有这样才不会被别人发现哭过的痕迹。

　　回到家的朱淑真呆呆地望着窗外，想想自己的前半生，仿佛一个转盘，每过一段时间，便会回到那个地方。但物是人非，西湖永远都是那么美丽，而每一次来到西湖边的自己却大不相同。朱淑真既为暮春时节而感伤，也为自己的不幸而哀叹，提笔写下了《蝶恋花·送春》：

　　　　楼外垂杨千万缕。欲系青春，少住春还去。犹自风前飘柳絮，随春且看归何处。　　绿满山川闻杜宇。

便做无情，莫也愁人苦。把酒送春春不语，黄昏却下
潇潇雨。

朱淑真是宋代数一数二的女词人，也是杭州最具代
表性的女词人，她的词虽不及李清照那样大气磅礴，也
没有涉及很多家国情怀。但她的词，让我们看到了一个
与世俗礼教相抗争、拥有铮铮傲骨的杭州女儿形象。朱
淑真的一生虽然历经坎坷，但却活得真实，活出了自我，
她的真性情与她的才情一样可贵。

参考文献

1.〔宋〕朱淑真撰，〔宋〕郑元佐注：《朱淑真集注》，浙江古籍出版社，1985年。

2.〔宋〕朱淑真撰，张璋、黄畲校注：《朱淑真集》，上海古籍出版社，1986年。

3.黄嫣梨：《朱淑真研究》，三联书店上海分店，1992年。

4.武庆新：《满院落花帘不卷——从诗词中品读朱淑真的爱恨喜忧》，北京工业大学出版社，2016年。

七、风物本吾家①

——刚柔并济的辛弃疾

1. 壮志难酬，游湖船中慕林逋

> 六年，孝宗召对延和殿。……作《九议》并《应
> 问》三篇、《美芹十论》献于朝，言逆顺之理，消长
> 之势，技之长短，地之要害甚备。以讲和方定，议不
> 行。迁司农寺主簿。②

南宋乾道六年（1170）五月，宋孝宗主政，春夏换
季之时，首都临安（今浙江杭州）依旧闷热烦躁。有一
个人急匆匆地朝皇宫走来，此人步伐铿锵，身姿矫健，
双眼炯炯有神，一看就是位孔武有力的美男子。

这位男子快步走到延和殿前，向内侍说明来意："在
下建康通判辛弃疾，今三年任期满，又得官家召见，特
来复命。"

内侍高声通报了一声，就把辛弃疾引了进去。

辛弃疾边走边想，今日官家特地召见我一个小小通
判，莫不是几年前自己呕心沥血所写的陈述抗金策略的
《美芹十论》终于得到了官家的认可，官家是想向我征

①"风物本吾家"，
出自辛弃疾的《满
江红·题冷泉亭》。
②〔元〕脱脱：《宋
史·辛弃疾传》，
中华书局，1975
年，第12162页。

询兴师北伐的意见吧！

辛弃疾越想越激动，朝中主战与主和的纷争此起彼伏，一直不绝，但大体上还是主和派占优势。自打隆兴元年（1163）五月，宋军渡淮北伐，在符离（今安徽宿州北）被金军击溃并签订了耻辱的条约后，满朝大臣都纷纷主张与金国议和。宋孝宗赵昚成了惊弓之鸟，虽然心中还有收复国土的雄心壮志，但却不敢动真格的。

辛弃疾早就认识到了这一点，因此屡屡上奏，将抗金的形势和策略都一一陈列，晓之以理，动之以情，希望能坚定官家抗金的决心。虽然日子一天天地过去，辛弃疾也没有等到抗金的消息，但他依然抱有信心，希望这次面圣能够亲自说服官家。

辛弃疾满怀希望走进延和殿，看到赵昚正伏在几案上批阅奏章。殿中还站着一位白发苍苍但气度不凡的大臣，辛弃疾定睛一看，原来是身居右丞相的虞允文。

赵昚看到辛弃疾来了，眼神里露出了点点光亮，但整个人还是精神不振。

"两位爱卿都到了，赐座。"赵昚吩咐丞相和辛弃疾先坐下来，然后对二人说道，"今日召你们进宫，是想听听对抗金的看法。"

辛弃疾赶忙站起身来谢恩，回禀道："收复中原乃是国之大事，臣一直密切关注北方形势。臣以为女真人有三'无能为'，我有三'不足虑'。第一，女真人虽占地广阔，但都是为利益而统一，一旦出现利益纠纷，就容易分崩离析；第二，女真贵族花销巨大，财富大多来自对百姓的压榨，横征暴敛，百姓们怨声载道，等到人民忍无可忍起来反抗之时，女真的经济便困难了；第三，女真军队虽然庞大，但将士的家人们大多被官吏欺压，没有一个不是怨愤满腔，军心不稳，又何来战斗力呢？所以，依臣之见，抗金之战是势在必行！"辛弃疾目光如炬，说出最后一句话时仿佛女真人就在眼前，自己正在战场上浴血奋战。赵昚被辛弃疾的满腔热血所打动，右丞相虞允文也向辛弃疾投去赞许的目光，鼓励他继续说下去。

眼看着自己的劝说有所成效，辛弃疾乘胜追击，从衣袖里取出一方白绢，在地上缓缓铺开，只见白绢上画的是一幅地图，旁边有一些小字。

赵昚走下殿来一看，原来是一幅敌情图！赵昚这才发现眼前这位热血青年，是一位有胆识有谋略的可用之才。

辛弃疾一一讲解着图上的各种标记，分析着作战策略，最后说道："臣敢断言，这次咱们大宋一定能打败金军，收复中原！"

听到最后一句话时，赵昚又开始打起了退堂鼓。回想起当年符离一战，宋军惨败，满朝文武大臣吓得纷纷主张与金议和，自己也留下了长期的心理阴影。因而赵昚虽然觉得辛弃疾的分析十分有道理，但内心还是倾向于主和。右丞相一看宋孝宗面露难色，便已猜到了三分，于是让辛弃疾先坐下，平复下激动的心情。

赵昚对辛弃疾说："朕知道卿的用心，但抗金一战并非小事，还是得从长计议……这样吧，卿在建康任期也已满，接下来你就留在临安，做个司农寺主簿吧。"

走出延和殿时，辛弃疾已没有了来时的意气风发，宋孝宗的软弱让他心灰意冷。几天来，辛弃疾的心情就同江南梅雨季节的天气一样坏，他不停地思考着如何才能列出更具有说服力的实证让宋孝宗改变心意。不久，辛弃疾又写了九篇军事论文，取名《九议》，进一步阐述恢复中原的具体策略。但《九议》呈送上去后，还是未得到宋孝宗的正面回应……失望、愤懑、痛苦的辛弃疾只能将自己的满腔报国情怀化作一篇篇诗文。

事业虽然遭遇一次次的打击，但辛弃疾并没有因此沉沦，而是找到了排忧解闷的新去处——西湖。

一转眼已是初夏时节，西湖边的新荷露出了尖尖角，别是一番可爱模样。这日傍晚，辛弃疾约上好友，同游西湖。

"幼安，眼看这天快要下雨了，咱们要不改日再去吧？"友人看着天上乌云密布，担心不一会儿便会下起大雨。

"无妨无妨，我俩在船中只管饮酒，哪怕是被雨淋湿，也无大碍。"辛弃疾拉着友人就往船上走。

没想到二人刚到船中，天色突变，豆大的雨点从天上洒落下来。雨打在荷叶上，又飞溅出去，发出嗒嗒的响声，伴随着水浪击打在船身上的哗哗声，组成了一首悦耳动听的夏夜狂欢曲。

夏日的雨来得快，去得也快，不一会儿便雨停云散。初夏的夜晚，月亮高悬，原本的燥热已被大雨冲去，只留下凉爽的湖风。游人在西湖上喝酒赏月，时不时有飞鸟在空中划过，好像在感谢这场大雨带来的清凉，鱼儿也耐不住水下的寂寞，赶着冒出头来凑游客们的热闹。辛弃疾与友人在船中把酒豪饮。当船儿驶过孤山时，辛弃疾突然想到了两百多年前那位隐居于孤山的林逋，不由得生发感慨："想当年和靖先生梅妻鹤子的生活，是多么自在逍遥啊！""是啊，和靖先生去世后，两只鹤也随他而去，他们一定是上升仙界成为飞仙之长了！"友人也叹息着说。但想到如今的林逋故居已不可见，孤山上的松竹梅也非和靖先生在时可比，人物两非，两人不禁唏嘘不已。

回到家中，微醺的辛弃疾乘兴写下了《念奴娇·西湖和人韵》：

> 晚风吹雨，战新荷、声乱明珠苍璧。谁把香奁收宝镜，云锦红涵湖碧。飞鸟翻空，游鱼吹浪，惯趁笙歌席。坐中豪气，看公一饮千石。　遥想处士风流，鹤随人去，老作飞仙伯。茅舍疏篱今在否，松竹已非畴昔。欲说当年，望湖楼下，水与云宽窄。醉中休问，断肠桃叶消息。

2. 好友相伴，冷泉亭上赋新词

> 是年，张敬夫（栻）、吕伯恭（祖谦）均在朝中任职，稼轩时与游从。[①]

俗话说，一阵秋雨一阵凉，一场白露一场霜。夏去秋来，杭州的闷热终于被秋雨一扫而空。这天早晨，杭州司农寺的官舍内静悄悄的，只有院中沙沙的落叶声。新上任不久的司农寺主簿辛弃疾正坐在书房里发呆，案上摆着被退回的《美芹十论》和《九议》。妻子范氏不忍看夫君郁郁寡欢的样子，想劝几句，可"官人"一词刚出口，辛弃疾就摆手示意她不必说。其实范氏也知道

①邓广铭：《辛稼轩年谱》增订本，上海古籍出版社，1997年，第39页。

劝他无用，自己夫君得的是心病，是一种报国无门的心病，只好在一旁默默叹气。

辛弃疾看着院中的落叶，转过头对妻子说："一转眼已经入秋了，我们来杭州已有四月余了。"

"是啊，官人，已有小半年了。这些时日，您只有第一次去延和殿时是精神饱满的，自那日从延和殿回来后，便时常这样发呆……"范氏不忍再说下去，怕辛弃疾又想起往事伤感。

辛弃疾怎么能不伤感呢？自延和殿陈情抗金后，自己从建康通判成了杭州的司农寺主簿，虽然不在意官职的高低，但朝廷的冷漠和软弱让辛弃疾觉得自己满腔的报国热血终究是错付了。想当年，辛弃疾怀着对金统治者的满腔仇恨和报效祖国的豪情壮志来到江南，却被宋孝宗"浇了一盆冷水"。本想着留在临安可以更方便进谏，却不承想苦心孤诣所作的军事论文都被一一搁置。现在，只能装着笑脸应付大小官僚，满身才华全然埋没在了无聊的官场应酬中。

辛弃疾叹了口气，面对妻子的关心，又羞愧又无奈，自己何尝不想有所作为呢？要是能够说服皇上抗金，自己一定亲自上阵杀敌，死又何惧！而现在，这一切都如梦幻泡影，毫无可能。

正在二人沉默之际，手下送来一张请帖，辛弃疾拆开一看，原来是张敬夫、吕伯恭二人邀请自己同游冷泉亭。辛弃疾看完帖子给妻子范氏。

范氏看完后，温柔地对辛弃疾说："官人出去走走也好，看看杭州美丽的秋景，心情会变好些的。"说着，起身替辛弃疾更衣。

"也好，杭州虽美，我却只游玩过西湖，此番正好和两位老朋友去到处走走。"辛弃疾也觉得自己应趁着天高气爽，来一场说走就走的秋游。

辛弃疾跟张敬夫、吕伯恭会合后，一起前往灵隐寺西南飞来峰下的冷泉亭游玩。冷泉亭不似那些达官贵人喜爱的灯红酒绿之处，而是一个清幽、少有人迹的地方，辛弃疾倒觉得这样天然的游玩之处才别有一番趣味。

冷泉亭自古有名，原本立于深水潭中，后移至飞来峰对岸，是大诗人白居易和苏东坡时常游玩之地。冷泉亭前有一排挺拔昂扬的古杉，树高叶茂，就像衣冠楚楚的官员拱手站立在道路两旁。冷泉亭正对飞来峰的峭壁，在高耸山石的遮蔽下，显得格外清凉。

辛弃疾一行人来到冷泉亭上，见亭旁有两棵栗子树，树上挂满了一个个长着绿刺的小球球，正是秋日栗熟之际，辛弃疾似乎闻到了栗子的清香，便提议大家去打栗子。

随侍很快找来了一根长长的竿子，辛弃疾便自告奋勇地接过竿子去打栗子。

"幼安，你可小心点啊，这栗子的壳可是刺得很，小心被它伤到。"张敬夫看辛弃疾饶有兴致的样子，细心叮嘱道。

"放心，我小时候在济南，可是打栗子的一把好手！你们可要小心避让哦。"辛弃疾转过头对友人说道。

只见辛弃疾拿着长竿，对准微微裂开的一串栗子，猛地一打，那些长满刺的栗子便一个个掉落到地上，有些成熟了的自己裂开来，露出了棕色的壳。

"幼安果真是打栗子的一把好手！"随侍们上前将辛弃疾打落的栗子一一捡起，用布包着拿去冷泉亭边的小溪中清洗、剥壳，再送到三位大人手中。

三人吃了清甜的栗子，便来到冷泉亭中就座。随侍们早已将美酒肴馔等吃食铺放在石板上，三人谈笑风生，举杯痛饮。冷泉的水潺潺流淌，与石头相碰，发出清脆的声响，好像玉佩与玉环互相碰撞发出的声音，清新悦耳，让人如释重负。

酒酣面热之际，辛弃疾站起身来走到亭边，身靠朱红的栏杆向远方眺望。啊，临安不愧是皇城帝都，风景秀丽，让人流连忘返！辛弃疾看着来时的水路，与老家历城（今山东济南）是那么相似，一时间竟恍然有了在老家的错觉。突然一阵秋风吹过，吹落了几片黄叶，也吹醒了辛弃疾。

"幼安兄，别站在那儿了，对着风口，小心着凉。不如我们来作诗吧！"吕伯恭看辛弃疾在风口处呆呆地站着，忙叫随侍将石板清理干净，铺上笔墨，唤辛弃疾来赋诗作词。辛弃疾怀着对故土的思念走回亭中，提笔写下《满江红·题冷泉亭》：

> 直节堂堂，看夹道、冠缨拱立。渐翠谷、群仙东下，珮环声急。闻道天峰飞堕地，傍湖千丈开青壁。是当年、玉斧削方壶，无人识。　　山木润，琅玕湿。秋露下，琼珠滴。向危亭横跨，玉渊澄碧。醉舞且摇鸾凤影，浩歌莫遣鱼龙泣。恨此中、风物本吾家，今为客。

写罢，辛弃疾不忍再读，拜别好友后，独自回家。归途中，他不断低吟着："风物本吾家，今为客……"

3. 上元灯节，灯火阑珊寻佳人

宋孝宗乾道六年至八年，辛弃疾曾有近两年的时间在临安任职（司农寺主簿），《青玉案·元夕》即作于此一时期。[①]

新年的热闹劲儿刚过，转眼就到了正月十五——元宵节。元宵节又称元夕，从唐代起就有观灯的习俗，所以也叫灯节。元夕之夜，解除宵禁，张灯结彩，彻夜狂欢，少男少女们则趁机寻觅爱情，幽会意中人。平时不可迈出家门半步的未婚小姐，只有在元宵节才被允许结伴出行赏灯，所以，这个日子注定充斥着柔情与浪漫。

临安作为南宋的首都，在上元节这一日尤为热闹。每条街道都张灯结彩，还有才子佳人将自己所做的灯挂出，将诗、谜制在灯上，若有人对出下句或猜出谜语，便可将此灯带走，一派热闹景象。

在这么热闹喜庆的日子里，辛弃疾却待在书房里生闷气：最近朝廷上主和派的气焰很是嚣张，从各方面打压主战派。原本皇帝就不想开战，如此一来，抗金收复中原更是看不到希望。妻子范氏看到辛弃疾整日不是愤愤不平就是郁郁寡欢，十分担忧，总是劝他出门走走。今天是一年一度的上元灯节，正是出门的好机会，范氏便劝辛弃疾道："官人，今日是上元灯节，街上都早早地挂起了花灯，等下还有许多烟花要放呢！咱们一同上街去看看吧！"

"我没心情，要去你自己去吧。"辛弃疾正为几成泡

①巩本栋：《辛弃疾评传》，南京大学出版社，1998 年，第 152 页。

影的雄心壮志而愤懑，根本无心去赶上元灯节的热闹。

"官人，这一年一度的上元灯节可是十分难得啊，您在家中一个人待着也是无聊，不如陪我一同上街走走，看看热闹的场景也好呀！"范氏温柔地对辛弃疾说道，并将出行的外衣拿来，只等辛弃疾答应。

辛弃疾一看妻子想去游玩的意愿强烈，也耐不住她的劝说，只好接过外衣换上，陪着妻子一同上街赏玩。

"这上元灯节果真是热闹非凡呢！"范氏看着街上车水马龙，老老少少都手提花灯，兴致勃勃走在街上，街边的商贩都卖力吆喝着吸引顾客，心中感到十分欢喜。

辛弃疾虽然心中郁闷，但也不免被这热闹场景所感染，与妻子一同走向花灯张挂的地方。只见无数个精心制作、式样各异的花灯仿佛千树万树的繁花在一夜之间竞相开放，有晶莹剔透的玉壶灯，有能喷火吐水的龙灯和鱼灯，还有见所未见的各色花灯摇曳在灯山灯海中，美不胜收。远处还有用竹竿系绳悬挂起来的灯球，或高或低，或远或近，凌空荡漾。

突然，砰的一声，烟花升空，所有人都不约而同地将身子转向点燃烟花的城墙那边。只见一道火光腾空而起，在半空中唰地四散开来，犹如一朵绚丽的鲜花绽放在广袤的云霄。紧接着，更多的烟花在空中绽开，天女散花似的撒下一场又一场"流星雨"。烟花的到来更是为上元灯节增加了热闹的氛围，每一位游赏者都被深深地吸引。

不一会儿，动人心弦的排箫声起，街上更是热闹了，只见许多华丽的马车在街上驶过，所过之处，处处留香。

辛弃疾看着这些达官豪贵们的"宝马香车"招摇过市，又看着街上每一个人都洋溢着笑容，一时间有些落寞。妻子范氏察觉到辛弃疾心情的变化，忙问怎么了，辛弃疾推脱说："人潮过于拥挤，有些难受，想一个人去安静的地方走走。"说着，便离开了赏灯的一行人，独自走往灯火冷落、游人稀少的偏僻之处。

辛弃疾怎能不伤感呢？今天的临安一片繁华，而北方却仍沦陷在金兵之手。敌军的铁蹄践踏着我们大片国土，而醉生梦死的统治者只会一退再退，将我中原土地拱手相让，任由北方百姓流离失所，泪尽胡尘，真正是"今日只见江南笑，何人闻得北国哭"。

辛弃疾失神恍惚之间，似乎看到不远处有个身量纤纤的女子，独处在静僻之地。可一转眼，却又不见了。辛弃疾赶忙追上前去，却是无论如何也找不到了。他正在发愁之时，一回头，却见那女子正站在街角灯火暗淡的地方。辛弃疾想要走上前去自报家门，却不承想那女子突然转过身来，对辛弃疾说："幼安，我即是你，你即是我，我们不愿与世同欢，便无须再强颜欢笑于其中，回去吧……"这女子声音空灵，在她说话间，街上的喧闹之声全都不见了。辛弃疾再一定神，那女子便凭空消失了，街角空空荡荡，并无人经过。

辛弃疾正感到疑惑，妻子范氏一行人找到了他。"官人，时辰已经不早了，咱们回家吧。"范氏的话正合辛弃疾的心意，大家便一同返回家中。

晚上，辛弃疾久久不能入眠，元宵灯节的种种情形像电影一样在他脑中闪现，他索性起床来到书房，写下了《青玉案·元夕》：

东风夜放花千树。更吹落、星如雨。宝马雕车香满路。凤箫声动，玉壶光转，一夜鱼龙舞。　　蛾儿雪柳黄金缕。笑语盈盈暗香去。众里寻他千百度。蓦然回首，那人却在，灯火阑珊处。

那灯火阑珊处的女子究竟是谁？其实，那就是辛弃疾自己。辛弃疾将自己怀才不遇的孤独、惆怅、伤感之情幻化成了一个"笑语盈盈"的女子，永远留在了杭州城，留在了中国文学的史册上。

参考文献

1. 邓广铭：《辛稼轩年谱》增订本，上海古籍出版社，1997年。

2.〔宋〕辛弃疾著，邓广铭笺注：《稼轩词编年笺注》，上海古籍出版社，1993年。

3. 唐圭璋编：《全宋词》，商务印书馆，1930年。

4. 巩本栋：《辛弃疾评传》，南京大学出版社，1998年。

5. 刘益安、冯一编：《辛弃疾的故事》，河南人民出版社，1972年。

八、别来飞梦到杭州①

——钟爱杭城的宋室王孙赵孟頫

1. 国破家亡，痛苦的赵孟頫至杭州凭吊岳飞墓

孟頫幼聪敏，读书过目辄成诵，为文操笔立就。年十四，用父荫补官，试中吏部铨法，调真州司户参军。宋亡，家居，益自力于学。②

南宋祥兴二年（1279），南宋最后一个据点厓山被元军攻占，南宋灭亡。

那一年，赵孟頫25岁，对于南宋政权的覆灭，没有人比他更失望和心痛。作为宋太祖赵匡胤第四子秦王赵德芳之十世裔孙，亦即宋太祖的十一世孙，赵孟頫一出生就成了一个既幸运又不幸的人。幸运的是，作为宋室王孙的赵孟頫拥有高贵血统、显赫家世，而且幸运地降生在中国大地上风光最美的江南水乡，但"夕阳无限好，只是近黄昏"，王朝飘零，父亲早逝，赵孟頫在青年时代就先后经历了国破家亡的不幸。

自南宋灭亡后，赵孟頫一直处于难以排遣的哀愁之中，原本以为以自己的出身和家族的地位，日后定能顺理成章地进入宋朝官场，再不济也能在家乡做个小官，

①"别来飞梦到杭州，"，出自赵孟頫的《次韵端文和鲜于伯几所寄诗》。
②〔明〕宋濂等撰：《元史》，中华书局，1976年，第4018页。

〔元〕赵孟頫《自画像图页》

前途一片光明。而现在江山易主，自己成了前朝遗民，虽然温饱不成问题，但却失去了奋斗的意义，因而终日惶惶。

母亲丘夫人担心儿子就此消沉下去，会成为一个终日只知道"招猫逗狗"、整天没个正形儿的纨绔子弟，便把赵孟頫叫到父亲赵与訔的牌位下跪着。丘夫人看着牌位想到这些年操持家事的辛劳，丈夫生前特别钟爱的儿子如今却一蹶不振，顿时声泪俱下，指着赵孟頫说："你11岁父亲离世，我从小就对你的教育格外上心，你是庶出，更要立志好好学习，如果你不能在学问上自强自立，那我们这一辈子就真的没有盼头了……""母亲，对不起，我知道错了，我不该不思进取，让您失望的……"

赵孟頫看到母亲一滴滴的泪水落在了自己的衣衫上，自责不已，抱住母亲痛哭。

丘夫人拍拍儿子的背，轻声安慰道："你父亲在世时常夸你聪明好学，你可千万不能让你父亲失望啊……当然，学习也不能急于一时，心态调整十分重要，你若还不能接受亡国的事实，那么就去外面散散心吧。"

赵孟頫看着母亲几月来因忧思过度而日渐花白的头发，心中百味杂陈，便给母亲磕了个头说："是孩儿不孝，但孩儿还有一事未做，等此事做完，孩儿一定在家安心读书。"

"是何事？"丘夫人疑惑地问。

"孩儿要去杭州岳鄂王墓祭拜。"赵孟頫坚定地说。

丘夫人看着神态坚决的儿子，便知道他内心对于南宋灭亡一事依旧不能放下，只能答应，并再三叮嘱要注意安全等等。

赵孟頫启程前往杭州。他对于杭州并不陌生，他的故乡吴兴（今浙江湖州市）就在杭州隔壁，且杭州风景秀丽，自己曾多次来杭州与友人一同游山玩水、品茶赏画。当然，那些都是宋亡前自己作为王孙时才能拥有的快乐。如今再去杭州，心态已经发生了变化。

赵孟頫到杭州的第一件事就是前往西湖边栖霞岭的岳飞墓。在栖霞岭附近，赵孟頫向一个路过的老农问路："这位老伯，您知道岳鄂王墓在哪里吗？我找了好一会儿都没看到。"

老农看这位年轻人气度不凡，敢在这改朝换代之时来凭吊前朝名将，也不多言，用手指了下南边，匆匆离去。

赵孟頫顺着老农指的方向一路来到栖霞岭南麓，却被眼前的荒凉景象惊呆了：墓园四周丛生的杂草长得有半人多高，将岳飞墓紧紧地包裹在其中，满目疮痍。一阵秋风吹过，漫天的枯叶纷纷飘落，徒增悲凉之感。墓旁只有两只瞪着大眼睛、一副威严不可侵犯样子的石兽陪伴着一代抗金名将岳飞。

在这悲剧时代，有谁还会想起岳飞呢？更不用说前来祭拜了。赵孟頫虽然晚于岳飞一百多年后出生，但他始终对这位抗金英雄抱有崇高的敬意。

遥想一百多年前，岳飞力克金兵，收复建康，后又乘胜追击，大败金军。但软弱无能的宋高宗赵构和宰相秦桧却一意求和，以十二道"金字牌"催令班师，最终又以"莫须有"的罪名杀害了南宋最杰出的军事统帅。岳飞一死，收复中原便再无希望，就连宋金对峙的局面也难以维持。而南宋王朝只求偏安一隅，苟延残喘，在歌舞升平、醉生梦死中走向灭亡。作为南宋宗室后裔，赵孟頫对前朝有着百般依恋，但祖上苟且偷生、荒淫误国最终导致国破家亡的惨剧是他心中永远的伤痛。

在荒凉的岳鄂王坟前，赵孟頫仿佛看到了岳飞对抗金军、英勇杀敌；看到了岳飞在朝堂上据理力争，宋高宗赵构却不予理睬；看到了岳飞遭受审讯时义正词严，并露出背上所刺的"尽忠报国"四个大字；看到了在大理寺狱中 39 岁的岳飞含冤被杀……

一阵秋风吹过，吹散了赵孟頫的思绪。不知不觉间，夕阳西下，天色已晚，赵孟頫恭恭敬敬地拜别了岳飞墓，顺着来路向客栈方向走去。看着一边是游人如织的西湖，一边是无人问津的岳鄂王墓，赵孟頫悲从中来，回到客栈就写下了《岳鄂王墓》：

> 鄂王坟上草离离，秋日荒凉石兽危。
> 南渡君臣轻社稷，中原父老望旌旗。
> 英雄已死嗟何及，天下中分遂不支。
> 莫向西湖歌此曲，水光山色不胜悲。

2. 艰难入仕，后悔的赵孟頫遥念好友鲜于枢

> 至元二十三年，行台侍御史程钜夫奉诏搜访遗逸于江南，得孟頫，以之入见。孟頫才气英迈，神采焕发，如神仙中人，世祖顾之喜，使坐右丞叶李上，或言孟頫宋宗室子，不宜使近左右，帝不听。时方立尚书省，命孟頫草诏颁天下，帝览之，喜曰：'得朕心之所欲言者矣。'……二十四年六月，授兵部郎中。[1]

自拜别岳鄂王墓后，回到吴兴的赵孟頫依然对杭州难以忘怀，于是没过两个月，赵孟頫又启程前往杭州。这一次，他的杭州之行可谓大有收获，他在西湖边遇到了终生的知己好友——鲜于枢。

元至元十五年（1278）冬，赵孟頫与鲜于枢一见如故，情趣相投，契合无间。

那天，赵孟頫走出客栈，前往西湖边。正走在路上，突然天色大暗，电闪雷鸣，豆大的雨点自天上打落下来，让人躲避不及。赵孟頫本以为夏季才有这样天色突变的时候，却不承想冬天也能遇上雷阵雨，没有带伞的赵孟頫急忙跑到一户人家的屋檐下躲雨，但衣裳已被雨点打湿，寒风一吹，冷得直打战。

[1]〔明〕宋濂等撰：《元史》，中华书局，1976年，第4018—4019页。

赵孟頫瑟瑟发抖之际，身后的门突然打开了，出来一个门童。门童看着赵孟頫器宇不凡，而身上却已被淋湿，便请赵孟頫进屋躲雨歇脚。

赵孟頫谢过门童，进门一看，便知这是一户书香人家。厅堂高处挂着一幅王羲之的《眠食帖》，细闻空气中还飘有一股淡淡的墨香。

一位鬓黑如漆，看上去年纪略长些的男子从偏厅走来，看到赵孟頫后连忙行礼，互报家门。

"在下鲜于枢，字伯机，生于汴梁，今寓居杭州。"鲜于枢对着赵孟頫行叉手礼。

赵孟頫赶忙还礼："在下赵孟頫，字子昂，浙江吴兴人。昨日来杭游玩，今日本想去西湖划船，却不曾想天降大雨，因出门时未带雨具，便在您家门口躲雨，多有叨扰，实在是不好意思。"

鲜于枢一听赵孟頫的名讳，大吃一惊，没想到自己请进门来的竟然是宋室王孙！

"哪有叨扰！俗话说'贵人出门多风雨'，今日您来寒舍，是你我二人的缘分。您的衣裳湿了，要是不嫌弃的话，先去我房中换一件吧。"

赵孟頫又连忙道谢。鲜于枢于是陪赵孟頫去换衣。经过书房时，赵孟頫看到桌上摆的、墙上贴的、筐里装的都是一些名家字画，便问鲜于枢："伯机兄也喜爱书画？"

"是啊，平日里我一有空就待在我的书房里，钻研名家书画，偶尔也自己临摹。"

"这可不是巧了嘛！我平日里与兄长一样，也爱收集一些字画来欣赏。"

"哈哈，这可真是缘分哪！待贤弟换好衣服，咱们一同去书房看看！"

待赵孟頫换了衣服，两人便在书房中一同观摩名家作品，又一同临摹苏轼的《前赤壁赋》，直至天色昏暗。赵孟頫想要返回客栈，但被鲜于枢热情挽留，于是便留宿在府中。二人相约第二天一同前往西湖游玩。

第二天一早，赵孟頫与鲜于枢便趁着雨后空气清新，前往西湖划船。

二人登上一艘装饰华丽的游船，船上早已备好茶水和各色点心。虽然两人相识才短短一天，但缘分就是这样莫名其妙，对书画的共同爱好使他们的友谊迅速升温。二人坐在缓缓行驶的游船上，一路欣赏西湖的美景。鲜于枢化身为导游，为赵孟頫讲解西湖景点的来历，尤其是船行驶到孤山前面时，二人都对梅妻鹤子的林逋充满了敬意和向往之情。

二人在西湖上游玩了整整一日，分别时仍然依依不舍，便约好常在杭州相聚。后来，赵孟頫时常往返于吴兴与杭州之间，也结识了更多志趣相投的好友，大家常常在鲜于枢家中共同欣赏搜罗到的书帖古画。这种知己好友欢聚一堂的日子大约持续了七八年。

至元二十三年（1286），元世祖忽必烈派行台侍御史程钜夫前往江南一带征召贤能。起初，书写诏令都是用蒙古文字，自决定派人到江南搜访遗逸以后，忽必烈特地下令可以用汉字书写诏令。临行时对程钜夫说："早就听说赵孟頫、叶李二人有名望，请务必招此二人来。"

程钜夫到江南以后，第一件事便是来到吴兴，请赵孟頫进京为官。

得知消息的赵孟頫十分矛盾，虽然自己曾有归隐山林之心，也在几年前婉拒过好友夹谷之奇的引荐，但自幼师从名儒的赵孟頫深受传统儒家思想的浸染，儒家积极入世的思想也是他人生价值的根基。同时，赵孟頫认识到汉人出仕对于元朝的统治能起到巨大的汉化作用，也能实现自己政治和艺术方面的抱负。加上父母相继去世后，家境也日渐窘迫，所以赵孟頫多方考虑，最终选择跟随程钜夫前往大都（今北京）。

历经十余日的长途跋涉，赵孟頫一行终于在至元二十四年（1287）春节前来到大都，受到元世祖的亲自接见。

元世祖一看到才华横溢的赵孟頫，便倍感满意，他想借赵孟頫宋室王孙这一特殊身份来笼络江南士人的感情，于是便不顾礼节叫赵孟頫坐在当时的尚书右丞叶李的上首。

此举引来了朝中大臣的不满，大家纷纷低声议论，有一位大臣更是愤然起身，直言不讳地对元世祖说："此人乃宋室后代，不宜接近皇上，坐在尚书右丞之上更是不妥啊！"但元世祖压根儿没把这些反对的声音放在心上，还授予赵孟頫从五品的兵部郎中，这在当时来京的南方士人中算是高官了。

赵孟頫虽然受到了元世祖的礼遇，但朝中大臣们时常责难和排挤他，同族兄弟也与他断绝了关系，一些江南好友更是认为他背叛旧主，不值得深交，只有远在杭州的鲜于枢还时常跟他书信往来，互诉衷肠。

赵孟頫入仕不到三四年，便已有"误落尘网中"的追悔和痛苦，十分羡慕和想念远在杭州自由自在的鲜于枢，也怀念未入仕前那段与众多好友共赏书画、同游西湖的美好日子。因此，在无尽的思念中，赵孟頫写下了《次韵端父和鲜于伯几所寄诗》：

> 画舸西湖到处游，别来飞梦到杭州。
> 百年底用忧千岁，一日相思似几秋。
> 苦忆东南多胜事，空吟西北有高楼。
> 只今赖有刘公幹，时写新诗解客愁。

3. 痛失妻儿，孤独的赵孟頫辞官回归故里

> 六年，得请南归。[①]

至大四年（1311）二月十三日，赵孟頫那才22岁的长子赵亮因得咳疾寒热而病逝，他痛心疾首，无比哀伤。然而，祸不单行，皇庆二年（1313）正月，他的幼女在从大都回吴兴的路上患了暑热之症，也不幸夭折。

中年遭受的打击是这么突然，短短两年内，长子幼女相继夭亡。这彻底击垮了赵孟頫和夫人管道昇[②]。尤其是管夫人，天天以泪洗面，精神不振。由于两个孩子都是在往返奔波大都和吴兴的路上感染疾病后不治而亡，管夫人对大都这座城市充满了厌恶。她不习惯达官贵人

① 〔明〕宋濂等撰：《元史》，中华书局，1976年，第4022页。

② 管道昇（1262—1319），字仲姬，元代著名的女书家、画家、诗创作家。元延祐四年（1317），册封为魏国夫人，世称"管夫人"。与东晋的书法家卫铄"卫夫人"，并称中历史上的"书家两夫人"。

间无穷无尽的应酬，也担心丈夫在朝堂上被永无休止地猜忌妒恨。因此，管夫人迫切想回南方的家乡，过上自由自在、无忧无虑的生活，她连写四首《渔父词》来劝赵孟頫弃官归隐。

赵孟頫又何尝不想归隐山林呢？两个孩子的相继离世对赵孟頫也造成了不小的打击，他既痛心，又为两个孩子跟着自己承受奔波的辛劳而感到自责，也萌生了归隐之心。但他也清楚，目前的环境还不允许他立马辞官归乡。

然而，天妒英才，老天夺走了赵孟頫的两个孩子还不够，又把矛头对准了他的爱妻管道昇。延祐五年（1318）冬，管道昇的脚气病发作，遍请名医都无任何起色。躺在病榻上的管道昇无比思念远方的家乡，于是恳求赵孟頫道："我知道自己的时日已经不多了。这一生能嫁与你为妻，我已别无所愿了，唯有一件，就是请你将我送回江南老家，我想在家乡的土地上度过最后的时光……"

赵孟頫听着妻子的恳求，声泪俱下。他紧紧握住妻子的手，坚定地说："好，我们回家去，我们一起回家去。"

〔元〕赵孟頫《赤壁赋》

赵孟頫立刻向朝廷上书，请求辞官南归。直到第二年（1319）春，朝廷才同意赵孟頫南归。然而，路途颠簸，管夫人最终还是没能挺住，于启程半个月后与世长辞。

相濡以沫的爱妻撒手人寰，使赵孟頫遭受了沉重的打击。回到吴兴后的赵孟頫亲手料理了爱妻的后事，满足了她生前想要回归故里的愿望。

此后，赵孟頫常常一个人坐在家中发呆，精神恍惚。他总觉得妻子还在自己的身边，他们还和往日一样一同欣赏书画，一同创作音律，一同谈论佛道。可每当午夜时分，从梦中醒来时，看着空荡荡的屋子，赵孟頫总忍不住失声痛哭。管道昇于赵孟頫而言，不仅是一个好妻子，还是志同道合的知己，是心灵上的慰藉和灵魂上的伴侣。

悲伤之余，赵孟頫决定去杭州拜访多年好友——中峰和尚。赵孟頫和管道昇都是虔诚的信佛之人，他此次前往，也是拜托中峰和尚能够为爱妻诵经超度。

中峰和尚一见赵孟頫身形消瘦、精神不振，便知是忧思过重，决心要开导这位老朋友。

〔元〕赵孟頫《致中峰和尚尺牍》

"子昂兄既已辞官还乡，便在杭州多住几日。这几日正是钱塘江涨潮之时，观潮是最好不过的了。"中峰和尚一边说着，一边安排小僧前去安排。

"大师，我现在并无心赏景游玩。仲姬离开后，我也不愿独活于这天地之中，只想草草了结此生，去与仲姬相见。"赵孟頫说到爱妻时神情哀伤，让人动容。

"阿弥陀佛，她若是知道自己关爱的丈夫有此念头，一定会难过的。若你决心不再为尘世之事所烦扰，便可皈依佛教。"中峰和尚的话点醒了赵孟頫，对佛理的悟解促使他放下丧妻之痛。

于是，在中峰和尚的安排下，二人前往钱塘江看潮。虽然不是观潮的最佳时间，但幸运的是可以在江中行船，近距离地感受潮水的汹涌澎湃。

二人的小船随着钱塘江潮生潮落而起起伏伏，闪隐于这一片茫茫的江水之中。

"钱塘江大潮每年都有，而我们，却已不似从前了。"赵孟頫看着翻腾的浪潮，想起自己二十多岁时也时常与好友来钱塘江观潮，那时意气风发的少年如今已经垂垂老矣，顿生迟暮之感。

"阿弥陀佛，人这一生只是宇宙的过客，相较于长久存在的天地，确实短暂。然而，每个人的一生都是珍贵的，独一无二的。就像这翻腾的浪花，与你之前看到的也并不是同一朵了。"中峰和尚知道友人的心结还未完全打开，便借浪花来比喻。

赵孟頫看着天上的鸟飞入渺渺烟波之中，远处的青山也只有依稀可见的米粒般大小，不由感喟人在这天地之中是何其渺小。回想起自己的前半生，虽被委以重任，但宋室王孙的身份让他一辈子都如履薄冰、心怀内疚。如今的他只愿隐姓埋名，过平淡的生活。

潮水渐渐退去，小船开始在江面上慢慢漂浮。赵孟頫看着开阔的钱塘江面，感叹道："要是就这样慢慢漂到太阳东边的某个地方，就此隐姓埋名，过上与世隔绝的生活，该有多好啊！"

中峰和尚看到友人逐渐打开了心怀，十分欣慰。

赵孟頫回到家中，想起钱塘江上的所见所感，写下了《虞美人·浙江舟中作》：

潮生潮落何时了？断送行人老。消沉万古意无穷，尽在长空澹澹鸟飞中。　海门几点青山小，望极烟波渺。何当驾我以长风？便欲乘桴浮到日华东。

参考文献

1.〔元〕赵孟頫著，钱伟强点校：《赵孟頫集》，浙江古籍出版社，2012年。

2.陈云琴：《松雪斋主——赵孟頫传》，浙江人民出版社，2006年。

3.楚默：《楚默全集》，上海书店出版社，2014年。

九、西湖日日醉花边①

——倾心西湖的张可久

1. 定居杭州，张可久结识贯云石

《今乐府序》："丝竹叶以宫徵，视作诗尤为不易。余寓武林，小山以乐府示余……延祐己未春，北庭贯云石序。"②

古人言，三十而立。张可久 30 岁以前仕途不顺，只能靠文字来谋取生计，辗转于故乡庆元路（今浙江宁波市）与平江路（今江苏苏州市）之间，漂泊不定。在而立之年，张可久一直想找一个能开启自己新生活的城市。他遍游江浙等地找啊找，终于，元至大四年（1311），张可久来到杭州后，一下子就被"人间天堂"的美丽风景和闲适生活吸引住了。"对了，就是杭州！"张可久终于定下了自己的安居地。

要在杭州定居并不是一件容易的事。几百年前，杭州的房价虽没有现在这么高，但也需要一笔不小的支出。张可久思量再三后，决定拿出毕生的积蓄在杭州购置房产，定居下来。在挑选地段时，张可久把目光集中在了风景宜人的西湖边，虽然价格高出别的地段不少，但毕竟是"景区房"，贵些也是应该的。张可久权衡再三后，

① "西湖日日醉花边"，出自张可久的《双调·燕引雏】西湖春晚》。
② 胥惠民等辑注：《贯云石作品辑注》，新疆人民出版社，1986 年，第 138 页。

咬咬牙买下了苏堤旁的一处小宅子，"屋不在大，能住就行"是张可久常常用来安慰自己的话。

当时的杭州是许多知名文人雅士的聚集地，张可久定居杭州后与他们交往密切，常常同游西湖，互相唱和。在这些好朋友们中，有一位身份比较特殊，他就是贯云石①。

贯云石的身份，用今天的话来说就是不折不扣的"官二代"加上"富二代"。贯云石是元朝贵族出身，世袭高官，但没过几年他就把官职让给了他的弟弟，放弃了荣华富贵，转而拜当时的散文大家姚燧为师，专攻文章。虽然朝廷屡次召他做官，但贯云石看不惯朝堂上的钩心斗角，最终称病辞官，隐居杭州。虽说是隐居，但贯云石丝毫不用为吃穿而发愁，为了打发时光，他也常常上街卖药。

所以，当满身才华却未能入仕的张可久在杭州遇到了看淡荣辱消极避世的贯云石，二人惺惺相惜，相见恨晚，成为无话不谈的好朋友，经常同游西湖，相互唱和，在西湖边留下了不少优秀的作品。

延祐六年（1319），张可久将自己多年来的散曲作品精挑细选、编纂成册，只是集子的名字还没有想好。于是，趁着有一天阳光明媚，张可久带着自己的集子前往贯云石住处商量。

当张可久来到贯云石的住处时，看着这占地面积远超自家好几倍的大宅子，默默叹了口气："唉，瘦死的骆驼还是比马大呀……"但他自己心里也清楚，若不是因为志趣相投，性格相近，他们二人地位相差如此悬殊，是断断不可能成为好朋友的。张可久羡慕贯云石远离官场，还能过着一般文人所不可能拥有的优裕生活。

①贯云石（1286—1324），字浮岑，号成斋、疏仙、酸斋。祖籍西域北庭（今新疆吉木萨尔），元代散曲作家、诗人。

正当张可久站在门口陷入贫富差距的思考时，大门突然打开了，贯云石刚要出摊去卖药，看到自己的好友痴痴地站在门前，连忙请他进屋坐。

张可久坐下后便说明了自己的来意，拿出集子给贯云石看，说："浮岑老弟，这是我近几年写的一些曲子，前几日刚刚得空整理成一本小集子，却不知起个什么名字好，所以特来向你请教。"

贯云石接过集子一看，上面既有记游怀古的作品，也有赠答唱和的曲子，文风总体而言清丽典雅，着实是一本优秀的散曲集！

"很不错！小山兄，我看你这集子能够与汉魏六朝的乐府诗相媲美了！这样吧，不妨就叫作'今乐府'，你看怎样？"贯云石在厅中一边踱步，一边兴奋地对张可久说道。

"今乐府……今乐府，好，就叫今乐府！"张可久高兴地说道。

"浮岑老弟，还有一件事需要麻烦你，书名是有了，但还缺一篇像你这样的大家写的序言。"张可久乘胜追击，他知道贯云石是不会拒绝的。

"没问题！小山兄，你就放心地交给我吧，等我写完后，差人给你送去。"贯云石答应得十分爽快。

二人又互问近况，聊起最近的创作情况。贯云石突然想到昨日自己正好写了一首，便起身邀张可久一同去书房看所写的曲子。

这是一首《【双调·殿前欢】（畅幽哉）》的散曲，张可久对着稿纸慢慢吟诵："畅幽哉，春风无处不楼台。一时怀抱俱无奈，总对天开。就渊明归去来，怕鹤怨山禽怪，问甚功名在？酸斋是我，我是酸斋。"

"好曲啊，真是一首好曲！写尽了超脱豪迈之情和还我本来面目的意愿。我也向往东汉严子陵那样隐居在钓鱼台垂钓，与鹭鸟为伴的惬意生活。"张可久羡慕自由，但他目前只是一个衙门中的小吏，不得不在种种繁杂事务中耗费时光。

想着想着，张可久也有了灵感，提笔写下了二首应和贯云石的散曲：

钓鱼台，十年不上野鸥猜。白云来往青山在，对酒开怀。欠伊周济世才，犯刘阮贪杯戒，还李杜吟诗债。酸斋笑我，我笑酸斋。

唤归来，西湖山上野猿哀。二十年多少风流怪，花落花开。望云霄拜将台，袖星斗安邦策，破烟月迷魂寨。酸斋笑我，我笑酸斋。

作为好朋友的贯云石，从这两首曲子里读出了张可久内心深处怀才不遇、抑郁寡欢的无奈和酸楚。

二人探讨斟酌两首散曲的字词直至天黑，张可久才告辞回家。

没过几天，贯云石就差人给张可久送来了他为《今乐府》所作的序言，开篇即是："丝竹叶以宫徵，视作诗尤为不易。余寓武林，小山以乐府示余。林风清玩，击节而不自知。何其神也！择矢弩于断枪朽戟之中，拣奇璧于破物乱石之场。"将张可久的曲子比作是断枪朽戟中挑出的"矢弩"，乱石堆中捡出的"奇璧"，充分肯定了张可久化俗为雅、推陈出新的艺术创造力。

2. 典史桐庐，捐俸禄重修桐君祠

徐舫《张小山捐俸重修桐君祠》："先生远有烟霞趣，镌玉捐金隐者祠。"①

元至正元年（1341），张可久在时任建德路总管的好友薛昂夫②的力荐下，来到桐庐担任桐庐典史。虽然只是一个掌管缉捕、监狱的属吏，但对于已经年过花甲的张可久来说，能有一个谋生之道来解决衣食问题就已经很知足了。况且，桐庐有山有水，景色佳丽，也是一个可以游山玩水，猎奇揽胜，歌咏性情的宝地。

张可久一到桐庐就听说桐君山十分有名，山虽不高，但处于分水江与桐江（富春江上游）的交汇处，山似螺髻，美如碧玉，且有着"药祖圣地"的美誉。相传，黄帝时有老者结庐炼丹于此，悬壶济世，分文不收。乡人感念，问其姓名，老人不答，指桐为名，乡人遂称之为"桐君老人"。后世尊其人为"中药鼻祖"，称其地为药祖圣地，因此，山就以"桐君"为名。

张可久挑了个风和日丽的日子，在两个儿子的陪同下登上了桐君山。

桐君山并不高，不一会儿工夫，三人就登上了山顶。九月是个登高的好时候，在上山的路上还遇到了好几位雅士带着眷属来登高望远。张可久站在高处，看着远处的桐庐县城，想起自己也曾有杜甫"会当凌绝顶，一览众山小"那样的豪情壮志，而如今花甲之年却依然一事

①〔清〕沈翼机等撰：《浙江通志》，中国台湾京华书局，1967年，第3719页。
②薛昂夫（？—1359），元代散曲家。历官江西省令史、金典瑞院事、太平路总管、衢州路总管等职。

一城诗韵 HANG ZHOU

无成，不禁闷闷不乐起来。

两个儿子看到父亲神色逐渐黯淡，便称天色已经不早，母亲嘱咐要早点回家，叫父亲下山。

崎岖不平又十分狭窄的山路让张可久下山时几次险些摔倒，他想："这样的路要是雨天岂不是更加危险！"张可久回家后便着手修路一事，捐资将桐君山从山脚到山顶的路修葺一新，以方便游人。

张可久虽然只是一个小小的典史，但他却十分有为官的责任感和使命感，常常拿出自己微薄的薪资去做公益性质的活动。不但捐资修路，还带头捐资重修桐君祠。

桐君祠是建在桐君山上的一座纪念桐君老人的祠堂。虽然人们常来祭拜，但奈何年代久远，甚是破败不堪。张可久在桐庐时，常常与好友和家人游览桐君山，每当见到桐君祠时，便觉得心有愧疚。对于像桐君老人这样为民造福的人，历代的文人雅士向来是比较仰慕的，张可久也不例外。思量再三后，张可久决定将自己的俸禄都捐献出来重修桐君祠。

桐君祠修缮完毕后，张可久带头恭迎桐君归祀。当时与张可久相交游的桐庐诗人徐舫还写了《张小山捐俸重修桐君祠》《祠完迎桐君归祀》两首小诗以志纪念，诗中"闲云敛敛凝盖立，白鹤亭亭向水飞"两句，形象地写出了桐庐祠修缮后的美丽景致，令人印象深刻。

虽说修缮桐君祠只是张可久的个人所为，对于提升政治地位不一定会有太大的帮助，他也早已接受了自己只是一名桐庐县衙里不甚得志的典史这个事实，但他怎么也想不到，修缮桐君祠一年后，他的职位不升反降。

这对于一个一直处于艰难仕途中且已六十多岁的老人而言是一个巨大的打击，张可久心灰意冷，终日沉抑。

好友薛昂夫听说了张可久降职的事后，特意来到桐庐，意欲开解好友，希望能送去一些精神上的鼓励。张可久听闻薛昂夫前来看望自己，十分感动，二人相伴着来到桐江散心。

张可久与薛昂夫坐在同一艘船上，随着船的行驶，江水便泛起层层涟漪。岸边是一大片开始枯黄的芦苇，上面长着一簇簇芦花，芦花雪白雪白的，团团如绒毛般轻盈的它们，微微地搭在芦苇上，一阵微风吹过，又毫无顾忌地飘扬在天地之间。天阴沉沉的，水面上有着一层湿热飘荡的云气，远远望去，如同炊烟一般。江面上不时低飞过几只鸟儿，为了捕食一直低空盘旋着。

薛昂夫看着这秀丽的景色，不由得想到宋代苏轼对富春江"三吴行尽千山水，犹道桐庐更清美"的赞誉，

桐君山远眺

便对张可久说："桐庐这一段是富春江景色最好的一段，可惜公务繁忙，一直未能来好好游玩。今日一见，果然不负盛名！"

"是啊，桐庐的景色着实宜人。这一段江水让我想起了年轻时在镇江的多景楼上眺望长江的场景……那时候年轻气盛，现在已经'垂垂老矣'喽！"

正当二人说话间，岸边庙宇的钟声响起，随之便传来了一阵樵夫互相唱和的歌声。

"这声音让我想起了当年游金山寺的情景，果然人老了就是容易见景生情。"张可久听着回荡的钟声和歌声，想起了自己年轻时游玩金山寺的场景，而如今年华已逝，自己却还是一事无成……一时间愤懑与悲凉郁结在心头，张可久顺着回荡的钟声唱出了《【双调·水仙子】》：

> 芦花浅水钓舟闲，老树苍烟倦鸟还。浑疑多景楼前看，玉浮图十二阑干，枕鲸波百尺屏颜。樵唱沧浪外，钟声紫翠间，小似金山。

3. 重回杭州，携歌女游览夜西湖

元至正八年（1348），年近七十的张可久又回到了他朝思暮想的杭州。此次回杭，张可久终于不用再为生计而奔波，可以安心养老，闲居度日了。

然而，回到了杭州美丽的西湖边后，张可久虽然过上了相对闲适的生活，但许多愿望仍然未能实现，自己的创作也处于瓶颈期，徒有一腔热情的张可久仍然是郁闷的。因此，他常常与歌女一起同游西湖，激发自己的创作灵感，同时排遣抑郁的心情。

事实上，元散曲这一特殊的艺术形式，必须借助于歌女的再创作，才能获得"1+1>2"的效果。因此，元曲家与歌女的紧密合作，是元曲得到广泛传播的前提。

有天傍晚，张可久为了找寻创作灵感，带着歌女登上了西湖的游船。

张可久喜欢在傍晚出游，因为这样可以同时欣赏到西湖白天与黑夜的不同景色，尤其是晚霞渐渐退去，黑夜登场之时，景色格外震撼人心。

这天傍晚，半边天渐渐地开始由白变红，仿佛姑娘喜爱的粉红色帷幕缓缓落下。不一会儿，彩霞便从粉红色变成了橙色，又变成了红色，映红了西湖水，染红了宝石山。

张可久站在船舱外，仔细观察着彩霞变换的景色。当彩霞从天空中慢慢隐退时，西湖的水又变成了一面平静的镜子，幽幽地倒映着逐渐变黑的天空，而岸边的花儿还未从晚霞亲吻它的羞涩中走出，依然绽放着美人一般的红晕。群山就显得矜持多了，很快便恢复了往日的一片苍翠。进入夜晚的这一刻，西湖的四周就如一个巨大的墨绿色的屏风包围着一般，宣告着夜幕降临。远处苍松翠柏下的小径更显得幽冷，令人望而生畏，不敢涉足。

张可久看见前方的孤山倒映在水中，景与影相连就如柔美的横呈着的黛眉。天完全地黑了下来，张可久回到船舱内，看到歌女正在唱着自己之前所写的曲子，心情大好，取出银瓶中的美酒斟上满满两大杯。

歌女接过酒杯一饮而尽，她对张可久说道："大人的散曲乃是传唱最广的，有很多人都专门点您的曲子呢！"

张可久何尝不知这是恭维的话，但还是有一些高兴，又将酒满上，说道："哈哈，那也有你们尽心尽力传唱的功劳，请满饮此杯！"两杯酒下肚后，张可久已有些微醺，看着天上皎洁的明月，便浮想联翩。

"你说那月中的嫦娥孤零零的一个人多可怜，冷清清地也没个人陪伴。"张可久对着月亮敬了一杯酒。

"自古美人多寂寥。想当年，名妓苏小小风光无限，不知她是在哪儿同心上人相会的呢？"歌女对曲子表情达意的了解程度决定了这首曲子最终的呈现效果，因此，在潜移默化下，她们都成了一朵朵"解语花"，有很强的共情能力。

"说到苏小小，我便想起了苏轼，当年他在杭州任职，其间留下了千古流传的佳作，真是让人敬佩不已。唉，再看看我，都年过古稀的人了，还是一事无成……"

歌女看到张可久心情不佳，便起身拿出了乐器来弹奏助兴。

色艺双绝的歌女手执牙板，轻抚丝弦，指下顿然风生。皓月当空，万籁俱静，群山沉睡，只有动人的乐声与歌女空灵的歌声交相呼应，悠扬飘荡，恰如幽咽的泉水汩汩流淌，又仿佛猿啼鹤唳，袅袅不绝，不仅给静谧的西湖增添了月夜独特的魅力，更吹散了笼罩在张可久心头的郁闷之情。

"这歌声太感人了，太多情了！应当捧起拍板，把《伊州令》好好唱和一回！"张可久很久没有听到这样美妙的歌声了，激动地要与歌女一同唱和。

正当二人沉浸在歌声中时，山岩间的佛寺传出阵阵悠扬的钟声，浩淼的湖水应和着节奏鲜明的钟磬之音，泛起了层层的涟漪。这时的西湖水面上，倒映着湖中的亭台楼阁，仿佛是浮在湖面上的水晶龙宫一样。

几首曲子过后，酒意渐消，二人都逐渐清醒，看着篆香寸寸烧短，漏壶嗒嗒滴水，已是半夜时分，张可久赶忙吩咐船夫开船靠岸。

张可久在回家路上仔细回想了今日的西湖夜游，自认为携美人同游当比唐代诗人孟浩然踏雪寻梅要强上不知多少倍。

回到家中后的张可久，独自坐在书房中醒酒，热闹散去后就是无尽的空虚与寂寞，夜半的孤独又袭上张可久的心头，他已没有了游玩时的轻松欢快，又陷入了凄寒索寞的沉抑情绪中，思量许久后写下了套曲《【南吕·一枝花】湖上归》：

> 长天落彩霞，远水涵秋镜。花如人面红，山似佛头青。生色围屏、翠冷松云径，嫣然眉黛横。但携将旖旎浓香，何必赋横斜瘦影。
>
> 【梁州】挽玉手留连锦英，据胡床指点银瓶，素娥不嫁伤孤另。想当年小小，问何处卿卿？东坡才调，西子娉婷，总相宜千古留名。吾二人此地私行，六一泉亭上诗成，三五夜花前月明，十四弦指下风生。可憎、有情，捧红牙合和《伊州令》。万籁寂，四山静，幽咽泉流水下声，鹤怨猿惊。
>
> 【尾】岩阿禅窟鸣金磬，波底龙宫漾水精。夜气清，酒力醒。宝篆销，玉漏鸣。笑归来仿佛二更，煞强似踏雪寻梅灞桥冷。

参考文献

1.〔元〕张可久撰，王维堤点校：《小山乐府》，上海古籍出版社，1989年。

2.〔元〕张可久著，吕薇芬、杨镰校注：《张可久集校注》，浙江古籍出版社，2012年。

3.孙侃：《沉抑曲家——张可久传》，浙江人民出版社，2007年。

4.蒋星煜主编：《元曲鉴赏辞典》，上海辞书出版社，2008年。

十、此地有西湖，勾留不肯去^①

——杭州的金牌导游张岱

1. 西子湖畔，张岱巧对眉公所出之联

《快园道古·夙慧部》："陶庵年八岁，大父携之至西湖。眉公客于钱塘，出入跨一角鹿。一日，向大父曰：'文孙善属对，吾面考之。'指纸屏上《李白骑鲸图》曰：'太白骑鲸，采石江边捞夜月。'陶庵曰：'眉公跨鹿，钱塘县里打秋风。'眉公赞叹，摩予顶曰：'那得灵敏至此，吾小友也。'"^②

明万历三十二年（1604），年仅八岁的张岱与祖父张汝霖一同来到杭州。西湖的美景在张岱的童年记忆里留下了美好的印象，使他这一生都与杭州和西湖结下了不解之缘。

但游玩西湖并非张汝霖带张岱来杭州的主要目的，祖孙二人此次主要是来杭州拜访老友陈继儒^③。

这天，张汝霖正在饭桌上说着近日要去杭州拜访老朋友陈继儒，恰好被在门口玩耍的张岱给听到了，这个小机灵鬼连忙跑进来求爷爷带他一起去。张汝霖对这个长孙是喜欢得不得了，总是有求必应。除了张岱的活泼

①"此地有西湖，勾留不肯去"，出自张岱的《西湖十景（两峰插云）》。
②〔明〕张岱：《快园道古》，浙江古籍出版社，1986年，第70页。
③〔明〕陈继儒（1558—1639），字仲醇，号眉公、麋公，松江府华亭（今上海市松江区）人。明朝文学家、画家。

机灵外，张汝霖总觉得他身上有一股强烈的文人气息，日后必能成大器，此番带他一起去见见老友也好，便欣然应允了。

绍兴离杭州不远，张岱虽然年纪小，却也时常听闻身边人说起杭州的美景，十分向往。在去杭州的路上便觉得十分新鲜，时常探出小脑袋欣赏沿途的风景，有时还会化身成"十万个为什么"缠着祖父张汝霖问问题。

"爷爷，我们这次去杭州拜见的先生是您去年送大角鹿的那位吗？"

张岱想起去年爷爷曾得到一只大角鹿，与寻常的鹿有些不同，长着一对大大的鹿角，显得格外神气。爷爷将它养在院子里，张岱十分喜欢，每天放学后总要去喂它一些吃的，可没过几天，大角鹿就不见了，张岱问起门人才知，是爷爷送给杭州的一位好友了。

"哈哈，你的记性不错，就是那位先生，他是我多年的好友，我一见那大角鹿便觉得就应该是他的坐骑，所以派人送去了杭州。"

"真的会有人骑着鹿上街吗？"张岱虽然没有见过陈继儒的样子，但总觉得骑着鹿上街是件稀奇事。

"别人可能不会，但他一定会。"张汝霖很肯定地说。

果然，没过几天张汝霖就收到了陈继儒的书信，信中特地提到他十分喜爱大角鹿，时常骑着它去西湖边游玩，还得了一个"麋公"的外号。

祖孙二人说着话儿就到了杭州。天色尚早，张汝霖决定先带张岱去西湖边转转，等到傍晚时分，再去陈继儒家吃晚饭，便吩咐下人先去西湖边租一艘游船，方便等会儿游湖。

祖孙二人正沿着长堤走着，隐隐约约看到不远处闹哄哄的，游人都聚集在那儿，不知出了什么事儿，便叫一小厮前去查看。小厮跑过去不久就又气喘吁吁地跑了回来，回禀张汝霖道："大人，前面就是陈眉公，他骑着您送的大角鹿，引得游客们都在那儿驻足围观。"

"原来如此，这倒是巧了，咱们还未登门，就在西湖边碰上了，看来是缘分哪！"张汝霖听到好友就在前面，十分高兴，便带着张岱赶上前去。

陈继儒看到张汝霖手牵一个孩子朝自己走来，连忙下鹿上前迎接。老友相逢，无须官场客套，陈继儒看到眼前这个聪明伶俐的小男孩，便已经猜到是好友经常提起的孙儿——张岱。于是对张汝霖说："早就听说你这孙儿擅长对对联，这回我可要当面一试。"

"能够得到眉公的考验是这小子的福气，咱们别站在路边聊，到船上再说吧！"一行人来到张汝霖吩咐下人准备好的游船上。

陈继儒一上船就仔细打量着船内物品，准备"就地取材"出个上联，突然看到船内有一扇屏风，便心生一联。

张岱刚一坐下，就看到陈继儒指着屏风上的《李白跨鲸图》说了一句上联：

"太白骑鲸，采石江边捞夜月。"

满船的人都屏息以待，大家都想看看这个素有"神童"之称的小张岱能对出怎样的下联。

张岱听了，心想这人也太自以为是了吧，竟然自比李白，于是稍加思考便毫不客气地对道：

"眉公跨鹿，钱塘县里打秋风！"

此言一出，满船的人都十分惊讶。因为眉公是陈继儒的号，张岱的下联虽十分工整，却带着几分揶揄嘲讽语气。意思是说：你大言不惭，自比像李白一样漫游山水，其实只不过是到处"打秋风"，招摇撞骗而已。

一旁的张汝霖听后也显得有些尴尬，正想替张岱解释几句，然而陈继儒听了却没有恼怒，反而大笑着说："哈哈，真有如此机灵之人！这是我的小友了！"

听到陈继儒的赞赏后，张岱反倒有些不好意思，对长者出言不逊总归是不礼貌的，便重新向陈继儒行礼。

陈继儒对张汝霖说："你家的孩子，就数这个最机灵了，日后必有大成。"

众人说说笑笑，不觉天色已晚，陈继儒便提议在船上设宴，正好趁着月色夜游西湖。

夜晚的西湖不像白天那样热闹，没有了游人的喧嚣，甚至显得有些清冷。一轮圆月高悬在空中，又倒映在湖中，美得就像一幅对称的画。游船驶过时，便泛起层层涟漪，远处的渔灯星星点点，为西湖增添了一些烟火气。西湖是不施粉黛的素颜美人，令无数诗人魂牵梦萦。苏轼喜爱的是《夜泛西湖》中说的"渐见灯明出远寺，更待月

黑看湖光"，而让张岱记忆深刻的是在月光下伴随祖父
与忘年交在西湖泛舟的情景。

童年的记忆是深刻而坚韧的，就像埋入地下的一粒
种子，会随着年龄的增长发芽、开花、结果。这一次的
西湖巧遇使张岱对眉公一直充满敬仰之情，也对西湖有
了美好的第一印象。

多年后，张岱再次回忆起八岁时初识西湖，那天的
对联，那夜的美景，都让他久久不能忘怀，于是写下《西
湖》诗三首以作纪念，其中第三首最深入人心：

> 席散人心去，月来不看湖。
> 渔灯隔水见，堤树带烟糢。
> 真意言词尽，淡妆脂粉无。
> 问谁能领略，此际有髯苏。

2. 三潭印月，张岱熟练讲解各处美景

《西湖梦寻·岣嵝山房》："天启甲子，余与赵
介臣、陈章侯、颜叙伯、卓珂月、余弟平子读书其中。"[1]
《陶庵梦忆·湖心亭看雪》："崇祯五年十二月，
余住西湖。大雪三日，湖中人鸟声俱绝。是日更定矣，
余拏一小舟，拥毳衣炉火，独往湖心亭看雪。"[2]

西湖是杭州的，也是世界的，但在张岱心中，西湖
是属于他的。

张岱不是杭州人，却比许多"原住民"更懂杭州与
西湖。在离开杭州与西湖的二十多年里，他每晚都会做
梦，而梦的主题只有一个——西湖。他在《西湖梦寻》
自序中对西湖深情告白："阔别西湖二十八载，然西湖

①〔明〕张岱：
《西湖梦寻》，
上海古籍出版社，
1982年，第30页。
②〔明〕张岱：
《陶庵梦忆》，
上海书店出版社，
1982年，第26页。

无日不入吾梦中，而梦中之西湖，实未尝一日别余也。"
可谓用情至深。身为"新杭州人"的张岱，对杭州和西湖，
绝对是矢志不渝的真爱。在杭州城的历史上，如果要颁
发"荣誉市民"的证书，那张岱绝对是实至名归。所以，
欲了解杭州、了解西湖，便不能绕过这位大才子，因为
西湖的每一寸土地都留下了他的足迹。

明天启四年（1624），张岱与赵介臣、陈洪绶、颜叙伯、
卓珂月及弟弟平子住在杭州灵隐寺西面的岣嵝山房读书，
历时半年余。每当课后的傍晚时分，这群年轻人一定要
去冷泉亭、包园、飞来峰游玩一圈。而这几个人中，张
岱一直扮演着导游的角色，因为杭州和西湖已与他融为
一体。

冬日的西湖非常平静，远处的湖面已经结冰，冒出
轻轻的白烟，岸边的游船都整整齐齐地排好队，仿佛等
待检阅的士兵。西湖边一树树的蜡梅正在雪白的天地中
兀自绽放，但少了游客的捧场，花儿也显得有些无精打采。

今年的雪一连下了四五日，山间的小路都被大雪封
住了，张岱与一众好友被困在岣嵝山房中，整日里只能
作诗赏画，甚觉无聊，大家都在盼着雪停。

终于，这天早晨，出太阳了，冰雪消融，大有万物
回春的气象。但山间的残雪依然阻挡了张岱一行人出游
的步伐，别无他法，只能等待，因为没有人能摸清楚大
自然的心思。

张岱在午休时被一阵滴答的水声吵醒，出门一看，
原来是屋檐上的雪融化后滴在地上的声音。

"雪已经化得差不多了！估计今天傍晚咱们就能下山

了！"张岱激动地回到房中和好友们分享雪化的喜讯。

"太好了！"好友们纷纷应和。

"听说，雪后的西湖别有一番韵味，咱们晚饭后来一次夜游西湖如何？"在山房中"闭关"的这几日可实在是把张岱给闷坏了，他每晚都梦到以前在西湖泛舟的场景，况且他还未见过雪后的西湖，因此，连忙提议大家一起去看看不一样的西湖。

"好主意！我听说苏东坡当年在杭州做官时，曾疏浚西湖，后来为了显示湖泥再度淤积的情况，便在堤外三个湖水最深处立了三座瓶形石塔以示标记，形成'湖中有深潭，明月印水渊，石塔来相照，一十八月圆'的奇异景致。咱们今晚便可去看看！"陈洪绶立马附和张岱的提议。

好在天公作美，等张岱一行人吃完晚饭，雪已经化得差不多了，众人结伴下山来到西湖边。这时，西湖的游船又恢复了往日忙碌的夜游景象。

众人登船后直往三潭印月岛驶去。这时，"专业导游"张岱又开始了他的解说时刻：

"今晚我们要去的三潭印月岛可是十分特别，岛南湖中建有三座石塔，有趣的是塔腹中空，球面体上排列着五个等距离圆洞，若在月明之夜，洞口糊上薄纸，塔中点燃灯光，洞形印入湖面，便呈现许多月亮，真月和假月的影子难分难辨，夜景十分迷人，故得名'三潭印月'……"

张岱若是生活在现代，一定是西湖风景区一名业务

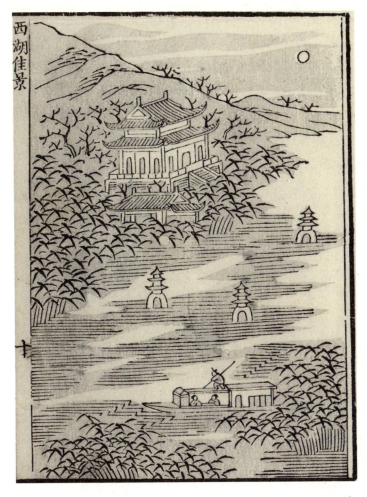

《西湖佳景·三潭印月》

能力超强的导游。因为他不仅自己喜爱游玩，还善于从历史典籍中寻找描写西湖的文章从而加深了解，可谓是"学习型"的工作狂人。

众人在张岱的解说中来到了三潭印月岛。刚刚消融的湖面升起阵阵凉气，大家不禁打了个寒噤，雪化后的降温来得猝不及防。冷气升到空中，好像给月亮披上了一层迷离的面纱，透过冷气的月光如雪一般淡淡的，具有一种独特的朦胧美。

张岱看过四季不同风光的西湖，但他始终觉得冬日的西湖是四季之最，尤其是雪后，银装素裹，分外妖娆。这次雪后游西湖也成了他多年后梦中时常回想起的画面，在八年后的崇祯五年（1632）十二月，张岱又一个人回到了西湖，在夜深人静之时独自前往湖心亭看雪，留下了千古名篇《湖心亭看雪》。

张岱与好友游玩到深夜才回去，想起当日的雪后西湖之行，提笔写下了一首小诗《三潭印月》：

> 湖气冷如冰，月光淡于雪。
> 肯弃与三潭，杭人不看月。

除此之外，张岱每去一个西湖的景点便会留下一首小诗，在杭数十年间，他走遍了西湖的大小景点，最后留下了一组《西湖十景》诗。

3. 飞来峰上，张岱怒砸杨琏真加石像

《陶庵梦忆·岣嵝山房》："一日，缘溪走看佛像，口口骂杨髡。见一波斯坐龙象，蛮女四五献花果，皆裸形，勒石志之，乃真伽像也。余椎落其首，并碎诸蛮女，置溺溲处以报之。寺僧以余为椎佛也，咄咄作怪事，及知为杨髡，皆欢喜赞叹。"[1]

明天启四年（1624），一向温文尔雅的张岱居然在飞来峰下对着一尊石像破口大骂，甚至动起了手，引来众人观看。那么，是什么让一位文质彬彬的青年才俊如此气愤，乃至不顾礼仪呢？

这天，因为先生有事告假，所以不用上课，天气正好，张岱便决定去灵隐寺逛逛。天色尚早，因此一路上张岱

[1]〔明〕张岱：《陶庵梦忆》，上海书店出版社，1982年，第17页。

〔明〕宋懋晋《飞来峰》

走走停停，趁此机会欣赏飞来峰"无石不奇，无树不古，无洞不幽"的奇异景色和遍布飞来峰洞穴中、峭壁上的石像。

飞来峰造像历史悠久，从南朝起便已有石像，到元朝时，飞来峰石刻造像达到三百四十多尊，且雕刻技艺精湛，其中最有名的一座要数俯临溪涧一侧石壁的弥勒佛像，其面露微笑，袒胸露腹，仿佛在说"容天下一切难容之事，笑天下一切可笑之人"，十分传神。此外，这些石像就地取材，石质坚固，风吹雨淋依然能得到长期保存，可谓飞来峰上一道靓丽的风景线。

张岱边走边看，不时惊叹于大自然的鬼斧神工与雕刻者的精巧技艺。尤其是那尊大肚弥勒佛像，虽是石头刻成，却栩栩如生，仿佛一位和蔼可亲的老人在低头看着自己的孩子行走在这山路之上。

张岱不断点头表示对石像的敬意，突然，他看到了一尊格格不入的石像！

张岱以为是自己看花了眼，连忙走近看个仔细。这尊石像的周围是四五个未着衣衫的裸体侍女正恭敬地捧着花果，要献给正中之人，而这正中央的人蓄着一把大胡子，坐在一条张牙舞爪的龙的身上，趾高气扬地俯视着山下。

张岱心想："这是何人的造像？场景如此淫靡，毫无清规戒律！"

再驻足细看时，张岱觉得这个蓄着胡子的人长得有些眼熟，却一时间想不起来是谁，但单看这面相就觉得是个奸佞之徒。

"到底是谁呢？"张岱一边想着，一边往旁边看去，忽然他发现石像旁边刻着几行题记，这不看不知道，一看吓一跳！当"杨琏真加"几个字映入眼帘时，张岱顿时怒从心中来。

他压制着心中的怒火再次读了一遍题记，当确定这就是杨琏真加的石像时，便指着破口大骂："如此一个'恶僧'竟然能位列众多佛像之中，简直天理难容！"

杨琏真加是元初的一个僧官，因受元世祖的宠信，一直掌管江南一带的佛教事务十余年。那是江南佛教最黑暗的时代，杨琏真加仗着元世祖的宠信，贪赃枉法、霸占民田、盗取古墓、贿赂大臣，可谓是无恶不作！杨琏真加不仅是佛教中人的眼中钉，更是杭州人的心中刺。

张岱虽然不知杨琏真加石像的来历，但于情于理，这个恶贼都不应与诸佛一同被刻在飞来峰上！

秉着"为民除害，人人有责"的理念，张岱对着石像就是一脚，但没承想石像只是微微晃动了一下，张岱看到路旁有掉落的山石，就搬起石头狠狠地砸向杨琏真加石像的头部，边砸边骂：

"飞来峰乃是天降神石，岂能容你这种恶僧！还想接受世人敬仰，简直是脏了佛家清净之地！"

终于，杨琏真加石像的头部被张岱倾尽全力的一击砸了下来。张岱仍不解恨，又把周围裸体侍女的石像都砸碎了丢进附近的粪坑，使其遗臭万年！

石像倒塌时的巨响惊动了灵隐寺的僧众，僧人们纷纷走出寺门去查看原委。他们刚刚走到半路，便看到了粉碎的石像和大汗淋漓的张岱。

一个小僧被眼前的景象惊得说不出话，看似文质彬彬的儒雅书生竟砸毁了一尊石像！他结结巴巴地说："你……你……你，看你也是个读书人，为……为何要砸毁这石像！"

在佛教圣地砸毁石像可不是件小事，众僧正要向张岱讨个说法，有个和尚认出了张岱是在屿嵝山房的读书人，便连忙走上前去询问缘由。

张岱砸完石像后已经没有多少力气了，面对众僧的质问，只用手指了指还未来得及砸掉的石像旁的题记。

一个和尚走上前去，看到"杨琏真加"四字时，便明白了张岱砸石像的原因，赶紧对其他的和尚说："阿弥陀佛，这是恶僧杨琏真加的石像。"

众僧一听是杨琏真加的石像时，便纷纷觉得这个年轻人做得对，虽然他们也不清楚石像的来源，但不砸不足以平民愤！

"阿弥陀佛，佛教之败类，哪配与弥勒等众佛同在飞来峰上！"刚才还结结巴巴质问张岱的小僧现在也回过了神，语气中透露出反感与厌恶。

众僧将累瘫在路边的张岱扶起，搀着张岱回到了灵隐寺。

回到寺中稍事休息后，张岱和众僧聊起今日自己砸石像之事，觉得自己当时的确是怒气占据了整个大脑，所以才会不管不顾地砸毁石像，但现在想想也不后悔，因为凡是有正义心的人发现那是杨琏真加的石像，都会替天行道砸毁它！

有一个和尚开始分析石像的来源，认为从满是赞扬和褒奖的题记来看，那尊石像很有可能是杨琏真加自己所刻，是想让自己的"光辉形象"永久留存在世人心中。加上飞来峰上石像众多，多一尊少一尊并不明显，因而没被人发现，连他与师兄弟平日上山下山也从未注意到这尊石像，否则很有可能早就被砸掉了。

　　张岱与众僧从杨琏真加的石像又说到飞来峰的来历，那些"天外飞石"的传说和"飞来峰"名称的由来让张岱很是痴迷，众人畅聊一夜。

　　第二天一早，张岱启程回岣嵝山房。经过石像之地时，张岱发现昨天被自己砸碎的石像已不见了踪影，猜想可能是灵隐寺的寺僧们清扫干净的，心里暗暗感激。

　　回到岣嵝山房后，张岱仔细回忆了昨天怒砸石像之事，仍觉十分解恨，又想起众僧与自己所说的关于飞来峰的传说，一时兴起，提笔写下了《飞来峰》：

> 石原无此理，变幻自成形。
> 天巧疑经凿，神功不受型。
> 搜空或浲水，开辟必雷霆。
> 应悔轻飞至，无端遭巨灵。

　　张岱的一生见证了西湖的兴衰，西湖也见证了张岱曲折坎坷的人生。张岱与西湖是不可分割的：西湖已融入张岱的血液中，成为他文学上最深刻的情结，流传千古；张岱的精神也化为了西湖的一滴湖水，陪伴它生生世世。

参考文献

1. 〔明〕张岱：《西湖梦寻》，上海古籍出版社，1982 年。

2. 〔明〕张岱：《陶庵梦忆》，上海古籍出版社，1982 年。

3. 〔明〕张岱：《快园道古》，浙江古籍出版社，1986 年。

4. 胡益明：《张岱研究》，安徽教育出版社，2002 年。

5. 胡益民：《张岱评传》，南京大学出版社，2002 年。

6. 佘德余：《都市文人——张岱传》，浙江人民出版社，2006 年。

7.〔美〕史景迁：《前朝梦忆：张岱的浮华与苍凉》，广西师范大学出版社，2010 年。

一城诗韵

HANG ZHOU

十一、笙歌晨夕游西湖^①

——对西湖情有独钟的朱彝尊

1. 结伴秋游，登山游湖乐在其中

　　顺治十八年辛丑（1661），三十三岁。秋，在杭州，同曹溶游南屏山。由净慈寺登绝顶，晚憩壑庵精舍。^②

　　秋风过耳，不知不觉中秋意已悄悄溜进杭城。杭城百姓又迎来了秋风送爽、丹桂飘香的季节。

　　这天清晨，朱彝尊负手站在庭院中，静静感受秋日清晨的美好时光。经过秋雨的一夜洗礼，万物在阳光的照射下，明亮可爱。屋檐的滴水落下，与庭院的积水撞了个满怀。晶莹饱满的露珠滑至叶梢，压得叶子不住地点头。

　　一片宁静美好。朱彝尊缓缓闭上眼睛，深呼吸一口，吸进去的尽是甜甜的桂香，他不由轻声喃喃道："秋意渐浓了呀！"

　　"一场秋雨一场寒，杭城的夏天落幕了！"一道声音自身后响起，吓得朱彝尊顿时睁开双眼，转头一看，原来是自己的同乡前辈曹溶。曹溶此时也闭着眼睛使劲嗅

① "笙歌晨夕游西湖"，出自朱彝尊的《蓝秀才示刘松年风雪运粮图》。
② 张宗友：《朱彝尊年谱》，凤凰出版社，2014，第107页。

着秋的味道，边深呼吸边道："秋天的清晨最是清爽了，连空气都如此沁人心腑！"

朱彝尊一听，一个秋游计划浮上心头，提议道："曹兄想不想登山秋游，如今山林间秋意正浓，风景宜人哦！""哦，看贤弟的样子，心中似是已有好去处了？"朱彝尊见曹溶似乎很感兴趣，赶忙道："听说杭州南屏山风景独好，素有'南屏晚钟，缥缈空灵'之说。今天天气不错，不如我们一起去逛逛？""正合我意！"

两人吃过早饭，便一同赶往南屏山。路上，朱彝尊突然想到：上山的路有很多条，但沿途的风景各有不同，得和曹兄商量下从哪里上去。他便开口问道："曹兄，我们一会儿从哪个登山口上去比较好？"曹溶沉吟片刻道："常听人说'南屏山下有净慈'，不如我们就从净慈寺上山吧。"

两人走在净慈寺后的山路上，看着道路两旁的参天古木，朱彝尊不禁感叹："曲径通幽，万籁俱寂。若不是秋风拂面，我都快要以为眼前的风景是一幅巧夺天工的画作了！""是啊！虽已入秋，但这里依旧绿树成荫，万木争荣。"

两人沿着山路继续前行，不多时，视线突然开阔起来。远远望去，满目苍翠，万顷涌绿。环顾四周，只见群山起伏，连绵不断，好似一面天然的屏风。没有了古木的遮蔽，阳光倾泻而下，肆意地泼洒在山谷中。

朱彝尊张开双臂，静静享受秋日的温馨静谧，情不自禁道："曹兄，你有没有觉得这山中似乎有股神奇的力量，时间在这里好似凝滞了似的。当我们踏入这里时，便不由自主地融入到这份静谧中。"

"我也这么觉得！这里仿佛能够卷走世间所有不快。虽没有雕梁画栋、粉墙黛瓦，但满目青山，都会让人倍感温柔。"说着，曹溶便席地而坐，沉醉在无边的绿色中。

就这样，二人置身山林，听鸟鸣啾啾，看林木葱茏，感受清风微曛，不知不觉，日已过半。突然咕噜一声，打破了这份静谧。朱彝尊不好意思地捂着肚子道："似乎是饿了。"仿佛被传染了一般，曹溶的肚子也跟着发出咕噜声。两人捂着肚子你看看我，我看看你，哈哈大笑起来。朱彝尊抬头从树枝的缝隙中望了望太阳说："曹兄，我们游玩得太入迷啦！现在已经是下午了！"

曹溶哭笑不得："怪不得我们的肚子都咕噜咕噜叫个不停，那我们就原路返回，下山吃点东西吧！"

两人在山脚下吃饱后，就边聊边走，来到了西湖边。看着满眼的荷叶，朱彝尊不禁惊喜地说："曹兄，你有没有感到此情此景似曾相识？"

曹溶不假思索地说："贤弟说的是'接天莲叶无穷碧，映日荷花别样红'吧。"

"曹兄与我果然心有灵犀！这满湖的秋荷，虽不如杨诚斋笔下的夏荷蓬勃茂密，但也能让我们好好赏玩一番。我们找条小船，到池中采莲如何？"

"对！好久没有尝到新鲜的莲子了，我们趁着这个机会去采点，解解馋！"

不一会儿，两人便坐着小船，穿行在半人高的荷叶中。又大又饱满的莲蓬在荷叶间不住地点头，仿佛在无声地邀请人们尽情地采摘。

　　朱彝尊扒在船舷上，稍稍伸手就摘到了一个莲蓬。他剥出一颗莲子丢入口中，细细咀嚼，惊喜道："曹兄！快尝尝，没想到秋天的莲子是如此清香鲜甜！"朱彝尊一边将手中的莲蓬递给曹溶，一边继续探出身子采摘。不一会儿，二人身旁便堆满了莲蓬。

　　船夫见了笑道："两位爷，怕是不知道秋荷的莲藕也十分清脆爽口吧！"

　　朱彝尊一听，松开刚抓入手中的莲蓬，转头对船夫道："师傅，麻烦将船划到浅水区，我再挖点莲藕来！"曹溶不禁哑然失笑："贤弟啊，你还真是童心未泯！"

　　转眼间，小船撑到了近岸处，朱彝尊撸起袖子，挽起裤腿，小心翼翼地走进荷叶茂密处。只见他扶着荷梗，伸出脚尖，轻轻试探泥土下是否藏有莲藕。几番试探下，他惊喜道："有了！"说完便半蹲下身子，在水中一阵摸索，突然一个用力，便高高举起一根粗粗壮壮的莲藕，喜不自胜地朝曹溶连连招手道："曹兄，快看！"

　　曹溶被朱彝尊的喜悦感染，也举起舟中的莲蓬连连招手。朱彝尊好似得到鼓励一般，继续埋头挖藕。

　　直到暮色笼罩大地，岸边摆摊的商贩也"打烊"回家了，两人才意犹未尽地结束了这次秋游。

　　或许是这次的秋游之乐太过难忘，当多年后朱彝尊罢官归里重游故地时，此景此情依旧历历在目，不禁提笔写下《【北仙吕·一半儿】净慈》，将这份美好的回忆永远地珍藏起来：

　　　　冷云山寺画屏秋，断塔雷封残照留，孤汉酒村风慢收。载归舟，一半儿莲蓬一半儿藕。

2. 路遇暴雨，鸬鹚滩头欣赏雨后春光

康熙三十七年戊寅（1698），七十岁。四月，偕查慎行自杭州南游，欲之福建建阳，刻所著经籍诗文于麻沙村。长孙朱稻孙随侍。自萧山渔浦出发，溯富春江而南，历富阳县，抵严州府桐庐县。复沿桐江、东阳江南下，至金华府兰溪县。[①]

春意盎然的四月，萧山渔浦，江风醉人。正午的码头，人头攒动、熙熙攘攘，十分热闹。朱稻孙在人群中费力地挤出一丝空隙，带着朱彝尊和查慎行勉强挤到江边，拉住一位船夫问："师傅，您的船去福建吗？""不走不走，不顺路！"

朱稻孙只好转身询问其他船夫，很不巧，这日去福建的船只格外少。辗转多次无果，三人只好先找个人群稀疏处缓口气。这时，一位船夫从人群中挤了过来，问道："我的船可以到福建，几位爷要不要上船。"

三人一听，大喜过望，赶忙跟着船夫挤过人群上船。

路上，船夫边驶船，边搭话："我见几位爷仪表堂堂，不像是这附近的村民，你们是到福建去游玩吗？"

朱彝尊掏出手帕，边擦汗边回道："听说福建麻沙村是全国产量最大的图书刻印中心，有人说麻沙刻书'书成天下走'。我想到那里找一位能工巧匠，为我刻书。"

查慎行笑道："说到此事，朱兄的文章我还没来得及细细品读。正好我们现在都得空，朱兄快拿出来让小

①张宗友：《朱彝尊年谱》，凤凰出版社，2014年，第427—428页。

弟一饱眼福。"

"好啊！"说着朱彝尊便献宝似的拿出自己的诗文，滔滔不绝地为查慎行讲解其中的精妙。

几人正讨论得入迷，船夫突然说："依我的经验看，一会儿怕是会有一场大雨啊！几位爷注意妥善保管好随身的贵重物品，小心被雨淋坏哦。"

朱彝尊一听，猛地抬起头望向天空。不知何时，天空变得阴沉沉的，大片的乌云聚拢在一起，且有越积越厚的趋势。朱彝尊心中顿时警铃大作，赶忙将查慎行和朱稻孙手中的文稿收了回来："贤弟啊，对不住啦！稿子仅此一份，淋不得，淋不得！有机会我们再作探讨。"

果然，片刻之后，船篷上响起啪嗒啪嗒的声音，豆大的雨点噼里啪啦地砸了下来。须臾之间，江水开始蠢蠢欲动，江浪不住地拍打着船舷，客船仿佛一片孤零零的树叶，在湍急的江水中显得格外无助。

船夫见几人面色惊恐，连忙安抚道："几位爷莫慌，这雨应是阵雨，下一会儿便停了！我们趁着大雨未至，找一处有人家的地方上岸就好！""有道理有道理！"朱彝尊紧紧抱住行李，生怕一个不小心，自己的成果就被江水卷走了。

不一会儿，云收雨歇，江风携着丝丝寒意直往人的衣领和袖口里钻。正当几人愁着无处上岸时，查慎行敏锐地听到前方传来阵阵狗叫声，赶忙指着岸边道："那里狗吠声不断，定是有人生活，我们就在此地暂宿吧！""好嘞！"船夫赶忙驾着船朝岸边驶去。

几人刚找好借宿人家，就听到窗外雨声陡然变大。走近窗户向外看去，大雨从空中铺天盖地倾泻下来。

朱彝尊抚了抚胸口，心有余悸道："好险哪！还好我们及时上岸了。"

查慎行此时心下也是十分后怕："是啊，这种天气赶路十分危险。今日我们就早些休息吧，赶明儿雨停了，再继续上路吧。"

大雨仿佛不知疲惫似的下了整整一夜，直到凌晨，才渐渐停歇下来。

第二天一早，朱彝尊一行人走在路上，都深深惊叹眼前的景致。停泊在鸬鹚滩的渔船早已散去，几只白鹭正在滩边悠闲地迈着步子。江风拂过，将笼罩在江上的风尘烟霭尽数拨开。极目远眺，经过暴雨的洗礼，整个世界的色调都格外鲜艳夺目。碧空如洗，蓝色的天幕上挂着一轮初升的朝阳，白云悠闲地在晴空中漫步。两岸的杜鹃花，在葱翠的林海间恣意绽放，一团一簇，开得格外热烈、绚丽。乌桕树在春风的拂动下荡起层层绿波，树叶上下翻飞，发出哗啦啦的声音，仿佛在倾吐着浴后的喜悦。

朱彝尊站在船头，看着尽收眼底的两岸风光，啧啧称赞道："都说骤雨初晴，留下的尽是满目疮痍。长山泷却独独是个例外，碧竹曼舞，花团锦簇，清丽绝尘啊！"

这个春日的早晨，就此深深地印在朱彝尊的心里，久久难以忘怀。多年以后，朱彝尊回想起那一抹江南春色，依旧觉得美得令人窒息，便提笔将心底的惊艳，填入《【北仙吕·一半儿】长山泷》这首曲子中：

鸬鹚滩冷渚风清，谢豹花繁春雨晴，乌桕树翻秋叶鸣。挽船行，一半儿山腰一半儿岭。

3. 游兴未尽，月夜携友再赏西湖美景

康熙四十年辛巳（1701），七十三岁。三月初一日，致信马思赞，述游吴及借书事。……同日即南下杭州，寓居昭庆僧楼。六日，应顾之斑招，同毛奇龄等泛舟西湖，复游吴越武肃王钱镠祠，观表忠碑。……八日，应汪景祺招，同毛奇龄、周崧等月夜泛舟西湖。①

阳春三月，沉睡了一冬的万物在春雨的召唤下纷纷苏醒。西子湖畔春风如酥，绿柳含烟，小草从土地中探出小脑袋，贪婪地吮吸着春天清新的气息。

这日，朱彝尊刚在昭庆僧楼安顿好，便听到有人敲门。心中正纳闷，自己刚到杭州就有人找上门，谁消息这么灵通？一开门，映入眼帘的便是一张邀请函，来人自我介绍："朱先生，我是顾之斑先生的随从。我们家先生邀请您一起泛舟游湖，特差我为您送上邀请函。"

朱彝尊按下心中惊喜，赶忙接过信函："好的，辛苦你了。请帮我转告顾兄，届时我一定赴约，不见不散。"

接下来几日，朱彝尊一直将这场西湖之约挂在心上。六日一早，便迎着朝阳早早来到湖边，坐在茶亭中沏一壶好茶，静等朋友们的到来。

不多时，就听见一个熟悉的声音响起："朱兄久等了，我们来了！"抬头望去，就见顾之斑、毛奇龄大步流星地向自己走来。朱彝尊赶忙起身迎接："我也刚到不久，今日阳光正好，坐在这里晒晒太阳，也是十分

①张宗友：《朱彝尊年谱》，凤凰出版社，2014年，第458—463页。

一城诗韵 HANG ZHOU

舒爽的。"

"是啊，今年春天来得早，倒春寒的余威一消散，春天的气息格外浓郁。"

"那事不宜迟，我们登船游湖吧！"毛奇龄跃跃欲试道。

不一会儿，几人就摇着小船徜徉在湖中心。朱彝尊眯着眼睛，惬意地享受日光浴，感叹道："阳光如此明媚，想必今晚月色定是皎洁无瑕的。"

毛奇龄半躺在舟中，优哉游哉道："微风轻拂，皓月当空，夜晚的西湖不知道又要迷倒多少人了！""哈哈，那我一定是其中一员了！"朱彝尊当即接口道。

顾之珽问："朱兄想夜游西湖？""是啊，都说西湖月夜美得摄人心魂，我一直想见识见识呢！"朱彝尊毫不否认自己对月夜游湖的向往。

毛奇龄赶忙提议："择日不如撞日，我们今晚就一起赏月游湖吧！"顾之珽阻止道："今夜不行，按照我们早先规划的游览路线，午后我们到钱镠祠参观表忠碑。等那里游玩结束再赶回来，恐怕会错过赏月的最佳时间。"

朱彝尊赶忙说："没事的，这段日子我都在杭州，改日有机会我们再一起游赏。"

朱彝尊自己也没想到，这个机会隔日便自己找上门来了。

八日这天，朱彝尊正躺在院中的躺椅上，闭着眼睛哼着小曲儿晒太阳。忽然家人带了两个客人进来，朱彝尊一见是好久未曾谋面的朋友汪景祺和周嵝，连忙起身打招呼。性格狂放的汪景祺笑着说："哈哈！我们来这里游玩，想到朱兄就住在附近，就来邀你一起游玩。""你们准备去哪里玩啊？"朱彝尊好奇地问道。

"自然是游西湖，如果朱兄还愿意一起夜游西湖的话，那就再好不过了！"周嵝用肯定的语气说。

朱彝尊自然是求之不得，满口答应下来。突然想起前天同毛奇龄的夜游之约，便提议："前些天我曾答应毛奇龄有机会一起夜游，你们看邀上他可好？""当然好呀！能同西河先生一起泛舟夜西湖，我们自然是求之不得的呀！"汪景祺爽快地回答道。

为了满足朱彝尊和毛奇龄两人夜游西湖的心愿，汪景祺一行人提前结束了岸上景点的游玩，踏着落日的余晖，早早地坐在船中静等夜幕降临。

此时，夕阳西下，火红的晚霞自山头燃起，从天边弥散开来，流入淡紫色的天空。朱彝尊目不斜视地盯着晚霞，抬起胳膊递到毛奇龄面前道："你掐我一下，告诉我这不是在做梦。"朱彝尊这一举动，让一行人忍俊不禁，毛奇龄轻轻掐了一下，笑道："当然不是做梦啦！月色就快出来了，朱兄千万不要分神，好景无多，转瞬即逝。"

说罢，几人纷纷屏住呼吸。只见暮色渐沉，霞光趋淡。突然一声"出来了"的惊叹，打破沉静。只见一弯新月宛如新生般，自天幕渐渐显现出来，周身散发出青涩朦胧的微光。

周崧却摇头道："唉！今夜的月亮怎么如此没精打采，黯然无色。"汪景祺拍拍周崧的肩膀，安抚道："贤弟莫急，再等等。"

果然，月亮的轮廓愈来愈清晰，毫不吝啬地向人间抛洒柔美的光辉，瞬间点亮了整个湖面。夜风徐来，霎时间，千万点晶莹闪烁的光斑在湖面上跳动起来。四下环望，月光所及之处，皆是一片澄明清朗。此时此刻，十里长堤之上，每棵杨柳都身披月光，俨然如画。

朱彝尊忍不住啧啧称奇道："月华如水，星光迷离，远山凝重，繁花竞香。此景只应天上有，岂知身在西湖中？"

毛奇龄不禁大呼道："如此良辰美景，一生能得几回观？今夜有幸一饱眼福，快哉！快哉！"朱彝尊见了，止不住调侃道："湘湖遗老旧清狂，毛兄神采不减当年啊！你这一声高呼，恍惚间，竟让我觉得我们一如当初少年模样！""哈哈，人生得意须尽欢嘛！"

当天晚上，一行人兴尽而归。朱彝尊回到寓所后，因为担心以后没有机会欣赏到这样的景致，一直辗转反侧。夜半时，灵感袭来，下床提笔写下《【北仙吕·一半儿】西湖》，将今夜观赏到的西湖美景永远封存在记忆中：

三潭新月浸鱼天，十里长堤飞柳绵，寻到水仙王庙边。里湖船，一半儿刚来一半儿转。

4. 孟夏游南山，溪边畅饮虎跑甘泉

康熙四十年辛巳（1701），七十三岁。三月末、四月初，在杭州，游南山。遇雨，宿大仁院。有诗记

水乐洞、虎跑泉诸景。①

　　自三月初到杭州起，朱彝尊几乎每日都与朋友结伴同游，每次都乘兴赴约，满意而归。不知不觉，一晃一个月过去了。

　　这天，朱彝尊吃过早饭便一反常态地望着窗外发呆。一旁的随从不禁纳闷：先生今日怎的如此安静，不急着赴约了？便上前询问："先生今日打算去哪里游赏？我去准备准备。"

　　朱彝尊手托着下巴道："今天没有安排外出游玩的行程，我也正愁着去哪里逛逛呢！"

　　随从心下立刻领会：原来今天没人约先生外出游玩。见朱彝尊一脸兴味索然，便提议道："先生有没有兴趣到南山一带转转，听说那里山明水秀，景点颇丰。"

　　朱彝尊一听，顿时眼前一亮："我听说过那里，好像离我们这里也不是很远。""是的先生，徒步一个钟头左右就到了。""那还等什么！我们现在就速速出发。"朱彝尊说着便起身准备外出的装备。

　　为了节约时间，早一点登山观景，朱彝尊便让随从找来马车，快马加鞭奔向南山。即便如此，一路上，朱彝尊仍按捺不住心中的好奇，不时地掀起帘子，探出头看看走到了哪里。

　　终于，"吁——"的一声，马夫跳下马车道："先生，我们到了。"话音刚落，就见朱彝尊已经从车内探出身子，边下车边交代道："你们先回去吧，我准备在这里多游玩一阵，傍晚时我自己回去。"说着便迫不及待地领着

①张宗友：《朱彝尊年谱》，凤凰出版社，2014年，第458—466页。

一城诗韵 **HANG ZHOU**

随从向山中走去。

正值孟夏时节，道路两旁的树木已经枝繁叶茂，投下浓密的树荫。朱彝尊走着走着，便觉得暑气熏蒸，不得不倚着路旁的大树休息片刻，边擦汗边嘟囔："这还没到盛夏，天气就热得像个蒸笼似的！"

"看这天色，恐怕会下雨吧，下雨前总会有一段时间很闷热。先生，我们继续前行吧，到了山中就会凉爽一点了。""好吧！我们走！"

果然，没多久，朱彝尊突然感到一股凉气扑面而来，顿时觉得精神一爽，耳边还隐隐传来潺潺的水声。他拉住随从道："嘘！别出声，你听！"

随从赶忙凝神侧耳倾听，却只听到几声鸟叫，他一脸困惑地问："难道先生能听懂鸟鸣声？"朱彝尊啼笑皆非道："是溪水声！叮咚叮咚，好似天籁般悦耳。走，我们去看看！"

循着水声的方向，沿山路没走多远，透过树木的间隙，远远看见前方人影攒动。走近一看，正是水声传来的地方。

朱彝尊见周围人都蹲在水边，用手捧水大口地喝着，心想这溪水竟如此好喝？我也试试！于是朱彝尊双手合拢，掬起满满一捧水喝了起来，边喝边赞不绝口："这水清爽甘甜，沁人心脾，真是不错，我从未想到山野间的溪水会如此好喝！"说着，又接连掬了几捧水喝下。

畅饮了甘美爽口的溪水后，朱彝尊突然想到，以前曾听人称赞虎跑泉水甘冽醇厚，居西湖诸泉之首，这溪水该不会就是传闻中的虎跑泉吧？想到这里，便拉住随从试探地问："这泉水可叫虎跑泉？""正是虎跑泉，这泉水与龙井茶可谓是杭州双绝。可惜我们身上没带龙井茶，要不然先生您就有口福了！"

"原来这就是大名鼎鼎的虎跑泉！既然虎跑泉在此，虎跑寺定然也不远了吧，我们去寺里看看。"临行前，朱彝尊还不忘用随行的水袋装一些泉水，路上好继续喝。

夏日的午后，虎跑寺别样静谧，偶有阵阵凉风袭来，松枝轻摇，沙沙作响。朱彝尊驻足寺庙一隅，十分惬意地仰望淡蓝的天空，心想："当年苏轼因病得闲，远离尘世的喧嚣，在山寺中休养，有'闭门野寺松阴转，欹枕风轩客梦长'的佳句，那份安闲自适的心境与我大抵相似吧！"想到这里，朱彝尊情不自禁地吟出一曲《【北仙吕·一半儿】虎跑》：

闭门山寺转松阴，欹枕风弦调玉琴，沙界虎跑流至今。恣旧寻，一半儿浇花一半儿饮。

参考文献

1.张宗友：《朱彝尊年谱》，凤凰出版社，2014年。

2.〔清〕朱彝尊著，叶元章、钟夏选注：《朱彝尊选集》，上海古籍出版社，2018年。

3.王利民：《博大之宗——朱彝尊传》，浙江人民出版社，2006年。

4.朱则杰：《朱彝尊研究》，浙江古籍出版社，1993年。

十二、分明山色近杭州①
——圈粉无数的杭州大先生袁枚

1. 偕友赴杭，月夜泛舟西湖如入仙境

乾隆二十七年壬午（1762），四十七岁。五月六日，偕程梦湘同赴杭州。在杭州，曹芝招子才、程梦湘、傅玉露、赵信、沈廷芳等人湖舫雅集。五月十五、十六日，子才偕程梦湘两度夜游三潭看月。②

乾隆二十七年（1762）五月，一艘小船自苏州南下杭州。船上，袁枚正坐在船头闷闷不乐地盯着悠悠江水，时不时叹口气。一旁的程梦湘不禁笑着安慰："袁兄别再生闷气啦！大不了我们明年早一点来苏州赏春。""哼！去年我倒是早早地来苏州候着了，可还不是看了很久的冰雪，临走时愣是一点儿春的影子都没看到。"

原来，袁枚和程梦湘相约到苏州赏春，却来迟了一步，今年的春天提早结束了。想到自己一连两年扑空，袁枚自然是快快不乐的。

程梦湘边为袁枚倒茶，边劝道："袁兄，喝杯茶消消气。俗话说'失之东隅，收之桑榆'，此番苏州赏春不成，说不定我们到了杭州还能赏到更别致的景色呢！"

"嗯，但愿吧！前些日子，我写信给杭州的朋友，告知他们过些日子我们到杭州游玩，想来这个时候，他们也应该收到信了。我们到杭州以后，跟他们聚一聚如何？""好啊！大家聚在一起，也热闹些。"

待船在杭州码头靠岸，两人便直奔提前预约好的寓所。

寓所内，袁枚刚报上名字，小厮便道："这位爷，您稍等，这里有您的一封信。"

袁枚疑惑地接过信，打开一看，顿时喜上眉梢，激动地说道："贤弟快来看！我们有游玩的去处了！"程梦湘赶忙凑近，原来是袁枚的好友曹芝在得知袁枚此行暂居的寓所后，命人送来聚会请柬。

程梦湘也不住夸赞："曹兄真是'及时雨'啊！""是啊，届时定要和曹芝他们好好聚聚！"

这日，碧空如洗，只有几片薄薄的白云随风浮游着。袁枚和程梦湘应曹芝的邀请，到西湖上小聚。一路上春风拂面，暖暖的春光洒在身上，一时间袁枚的脚步也变得十分轻快。

刚到湖边，就听到不远处有人喊道："袁兄、程兄！这里！就等你们啦，我们马上就要开船了！"两人赶忙小跑，刚一进船舱，就被人按在座位上："袁兄，程兄，今日雅集迟到，可是要受罚的！我们今日不饮酒，你们就以茶代酒，自罚三杯，再即兴作诗一首吧！"

程梦湘端起茶杯道："我来吧！让袁兄缓口气儿。"喝完三杯茶后，程梦湘沉吟片刻道："有了！'五年重许遂佳游，词客相逢半白头。坐爱远山多蕴藉，果然前辈尽风流……'哎呀！本想再作湖上景致的诗，奈何我游湖次数不多，一时半会儿竟想不出湖面风光如何。""哈哈，足矣足矣！好一个'前辈尽风流'，程兄果然才思敏捷。"

座中钱茂才一听程梦湘不常游湖，便主动邀请："我平日里最喜行船游湖，程兄若不嫌弃，我可以给你做个向导。"程梦湘眼前一亮："求之不得呀！来杭州的路上，我还同袁兄商量，趁着天气好的时候，到湖上泛舟赏景。"

袁枚在一旁放下茶杯附和道："是呀！都说西湖夜景美得动人心魄，这几天，白日里天朗气清，晚上月色定是撩人的。"

钱茂才赶忙提议："算算日子，今日恰好农历十五，月亮定是又大又圆的。机不可失，时不再来，不如我们今晚就一起泛舟西湖？""好啊！心动不如行动，就今晚！"袁枚爽快地拍板决定。

就这样，三人一拍即合。傍晚，一行人在湖楼用过晚餐，稍作休息便各自散去。袁枚、程梦湘、钱茂才三人则沿着湖边悠闲地散步，直到暮色弥漫、华灯初上，三人找到一艘小船。船夫见几人仪表堂堂，气质不凡，心想他们定是来赏夜景的，便热络地招呼起来："几位爷想去哪里赏夜呀！"钱茂才吩咐说："我们就在湖上随便逛逛，你慢些划便是。""得嘞！"

入夜，晚风习习，茂密的竹林在微风中沙沙作响，湖边柳舞荷倾。三人在小舟中，或闭目聆听万物轻语，或仰卧舟中欣赏漫天星斗，或侧倚栏杆轻拂湖面涟漪。突然，程梦湘指着远处惊喜道："袁兄、钱兄，快看！

仙境！"

二人顺着程梦湘手指的方向望去，只见柔美的月光自苍穹倾泻而下，整个湖面笼罩在朦胧的月色中。

袁枚不可置信地使劲揉了揉眼睛，呆呆地转头看向周遭，自言自语道："湖面上烟霭缭绕，好像流动的仙气似的。难道西湖的美名传到了天宫，广寒仙子也下凡游湖了？"说罢便捧着下巴，痴痴地凝望着月亮。

正当袁枚沉浸在自己的小世界里，如痴如醉地想象自己与仙人共同游湖的场景时，一阵爽朗的笑声猛地将他从幻想中惊醒，只听船夫笑着提议道："几位爷怕是被西湖夜景惊呆了，我带你们到湖心亭赏月吧。那里视野更加开阔，是赏月的最佳地点。"说着便将小船转向湖心亭摇去。

小船缓缓前行，袁枚眺望远处，只见堤边的杨柳沉醉在朦胧的烟霭中，微醺地摇曳着。依稀中，树梢上若隐若现的一带群山，转瞬又被云雾吞没。天地间，仿佛只剩湖心一亭，湖面一舟。

袁枚出神道："所谓'琼楼玉宇，高处不胜寒'，大概就是这个样子吧！"程梦湘拉了拉袁枚的袖子玩笑道："袁兄，轻声点，可别扰了水晶宫中的仙人清修。"说得袁枚只能摇头失笑。

当晚直到万籁俱寂，草丛中的小虫子也昏昏欲睡，三人才意犹未尽地回各自的寓所。临睡前，袁枚写下《湖心亭登台望月同程钱两秀才作》，将美轮美奂的西湖月夜留存心底：

湖心更深春月朗，一亭如云飘水上。

水精宫有三人来，同踏空濛神惝慌。

鲛绡万重烟裹树，竹笛一声渔动桨。

亭旁露台高百尺，雕栏上接广寒广。

……

2. 故里祭祖，范公祠早已物是人非

乾隆四十四年己亥（1779），六十四岁。正月二十二日，携阿迟归杭州……抵杭州，先寓西湖德生庵，后转寓陈庄。[①]

俗话说："人逢喜事精神爽。"自从钟姬为袁枚生了个大胖小子，袁枚的笑声就没断过，逢人就抱着儿子炫耀一番。这天大清早，袁枚一起床就匆匆走向隔壁房间。他悄悄推开房门，蹑手蹑脚地走到婴儿床旁，只见一个白白胖胖的小娃娃正流着口水酣睡着。

袁枚伸出拇指，小心翼翼地擦掉婴儿嘴角的口水。许是被人扰了清梦，婴儿噘起粉嘟嘟的小嘴，挥动着胖胖的小胳膊，试图赶走扰他好梦的"罪魁祸首"。

这一幕萌得袁枚心都快化了，用手指头轻轻戳着婴儿肉嘟嘟的小脸儿逗弄："阿迟这小鼻子、小嘴巴和我一个模子刻出来似的，将来定是个俊俏的小伙子。"

钟姬带着披风走进来，为袁枚披上："老爷，这几日降温，您着急来看儿子也要穿得厚实点，小心着凉。"袁枚心中顿时暖暖的，他握住钟姬的手说："你也要注意身体呀，我能喜得一子，还是辛苦你了。过些日子天气回暖，我就带你们回杭州祭拜祖宗。"

①郑幸：《袁枚年谱新编》，上海古籍出版社，2011年，第449—450页。

正月二十二，袁枚带着钟姬和爱子阿迟乘船南下，到杭州寻根祭祖。江面上云轻如绵，远处的小岛在雾气中若隐若现，时不时有几只江鸥在空中盘旋。

阿迟在袁枚的怀里，睁着大大的眼睛看向天空，两只小手高高举起在空中挥舞。袁枚抱紧小儿子，指着空中江鸥道："阿迟是想同江鸥一起玩耍吗？等我们到了杭州，我带你去看漂亮的小鸟好不好？"

阿迟歪着小脑袋看着袁枚，好像听懂了父亲的话似的，两只小手不停拍打着，仿佛在举双手赞同。袁枚见状十分开心："我的阿迟真是聪明伶俐，小小年纪就能听懂为父的话！"

然而当一行人风尘仆仆抵达杭州时，阿迟早已呼呼睡着了。袁枚笑道："前一刻还在闹腾，下一刻就睡得这般熟了。"钟姬接过儿子道："是呀，到底还是小孩子，睡意总是来得如此突然。"

袁枚将全家人安顿在德生庵，见天色还早，便嘱咐钟姬："我到附近转转，很快回来，你暂且留在这里照顾阿迟吧。"

从德生庵出来，随行的小厮便自告奋勇道："老爷，这附近我特别熟，您想去哪里，我带您去！"袁枚连连摆手道："不必不必，我可是土生土长的杭州人，小时候还在这附近求过学，这一带我闭着眼睛走都不会迷路。"

"您以前是在孤山范公祠读书吗？""对！就是那里，我们就去那里走走吧。回想起来，我离开杭州的时候还未到弱冠之年，这一晃竟几十年过去了。岁月如飞刀，刀刀催人老啊！……哎哟！"走着走着，袁枚一不留神，刺溜一下差点滑倒。小厮赶忙冲上来扶住袁枚："老爷当心脚下，近来杭州雨水较多，这雨后天气也潮得很，连带着鹅卵石路走起来都像溜冰似的。"说着取来随身备好的手杖交给袁枚。"唉，到底还是老了，腿脚不灵便了。"

此时正是柳树即将发芽的早春时节，几只黄鹂站在枝头不知疲倦地哼唱着。小厮指着黄鹂道："老爷您看！这里的黄鹂真是伶俐，跟着咱们唱了一路，好像通晓人事似的。"清丽悦耳的鸟鸣声让袁枚心旷神怡，他忍不住笑道："哈哈，说不定这黄鹂与我是旧相识，小的时候我天天在这里读书，或许它就听过我的读书声呢！"

"老爷您学识渊博，小的时候读书一定十分用功吧！""也没有啦！我小的时候十分顽皮。"袁枚指着杂草丛生的墙角说，"喏，秋天我蹲在墙角捉蟋蟀。春天柳絮纷飞，我还追着漫天的柳絮到处跑呢！""哈哈，如此说来，小少爷生龙活虎的样子和您真是如出一辙！"

袁枚感叹道："是啊，时间过得真快！再过几年，阿迟也要入学堂了……"

两人一路聊着，不知不觉已走进孤山范公祠。溜达一圈后，袁枚竟没有发现一张熟悉的面孔，他拉住一个经过的道士询问，才知道曾经的熟人早已去世，袁枚眼眶酸涩："岁月果真是无情啊！故地重游，竟已物是人非！"袁枚沉浸在回忆和感伤中无法自拔，小厮只好默默守在一旁，一时间也不知道说点什么安慰他。

夕阳西照，落日的余晖铺洒在山门前。小厮轻声询问："老爷，太阳就快要落山了，我们要不要先回去休息？"袁枚渐渐缓过神来："唉，扶我起来，我们回去吧！"

走在回寓所的路上，经过西湖时，袁枚不禁驻足感慨："从前看西湖，总觉得充满无限柔情。今日看来，西湖水最是冰冷无情，映得人白发似霜。"

当晚和家人用过晚餐后，袁枚独自坐在书房中，以《孤山范公祠是少时肄业之所重过有作》为题写下四首绝句，感叹时过境迁，岁月无情。其中后两绝为：

> 物换星移三十秋，轻尘短梦水西流。
> 道人不是无寻处，山上萋萋土一丘。

> 斜阳不改旧山门，堤柳依然对酒尊。
> 只有西湖比前冷，照人头发作霜痕。

3. 路遇赵翼，饮酒论诗相见恨晚

乾隆四十四年己亥（1779），六十四岁。三月，赵翼来游杭州，与子才相遇于三竺路上。二人一见倾心，相谈甚欢。[1]

乾隆四十四年（1779）三月，惠风和煦。这日，袁枚见阳光正好，春意盎然，便对正在照顾儿子的钟姬道："前段时间我听闻三竺一带风景清幽，很是别致。今日天气宜人，我去那里散散心，晚饭前就回来。"然而，袁枚没想到的是，傍晚回寓所时，自己竟带回了神交已久的好友。

傍晚，痛快游玩了一天的袁枚经过三竺路时，突然感觉有一道炙热的目光盯着自己。抬眼望去，只见一个中年男子惊喜欲狂地朝自己挥手。袁枚下意识望向四周，见没人应和那男子。正想转身离开，就听到那男子大喊一声"袁兄！是我呀"，紧接着脚下生风似的冲向自己，

① 郑幸：《袁枚年谱新编》，上海古籍出版社，2011年，第451页。

只见他衣袂鼓起，肩上挎着的包裹松松垮垮地挂在臂弯里也顾不得。

这让袁枚措手不及，电光石火间，他不由心跳加速，仿佛受到指引般试探："你是赵翼……赵贤弟？"不知是因为激动还是跑得太急了，那中年男子喘着粗气，双手紧紧抓着袁枚的胳膊道："正是小弟呀！"

袁枚显然还沉浸在惊喜中没回过神来，银须颤抖："古人说的果然没错，'有缘千里来相会，无缘对面不相识'。瞧瞧我们这缘分，不仅能不期而遇，还能一眼认出彼此。"

赵翼边擦额角的汗边说："哪里呀！袁兄，你真是让我好找啊！我一听说你来杭州，便四处打听你的寓所。心想着这可是天赐良缘，万万不可错过。还好今天偶然听人提起，你在下天竺寺附近，我就赶忙跑来碰碰运气。"袁枚听了，一股热流涌动在心底，握着赵翼的手不住地说："多亏你有心了！"

说罢，两人紧紧握住对方的手，相互端详起来。好一会儿，赵翼才沙哑着嗓子道："我们相识二十多年从未见面，今日一见，袁兄竟与我想象中的样子相差无多。"

"哈哈，我也是！今日我们有缘相会，贤弟不如随我一起，到我的寓所小住几日，这么好的缘分可不能白白浪费啊！"

赵翼按捺住心中的喜悦，爽快答应："好啊，这样再好不过了！"

当晚，袁枚就在自己寓居的湖楼上置办酒席款待赵翼。两人虽是第一次见面，但由于长年诗书往来，彼此早已十分熟悉，席间你来我往，杯盏相碰，言谈甚欢。

突然，赵翼一拍脑门道："瞧我，差点忘了！"说着便放下酒杯，从包裹中取出一沓厚厚的诗稿："这是我最新的诗稿，暂拟为《瓯北集》。袁兄看看，可有什么建议？"袁枚赶忙接过："有下酒物了！"于是津津有味地翻阅起来。只见赵翼的诗题材丰富，文采斐然，性灵独具，尤其是读到《西湖杂诗》"苏小坟连岳王墓，英雄儿女各千秋"一句时，袁枚情不自禁地拍案叫绝："苏小小与岳王各占千秋。贤弟语出不凡，见解独到！"

袁枚继续翻阅下去，突然忘情地连拍赵翼肩膀，赞叹道："贤弟果真是我知己！你看这句'湖山原要锦成堆，一味孤清也可哀'，直抒性灵，吐露真情，实在难能可贵啊！"接连被夸赞，赵翼略带羞涩地谦虚道："哪里，哪里！还要多多向袁兄学习！"

不知不觉中，墨绿的湖心上已挂起一轮明月，群山也如剪影般融入夜幕。万籁俱寂，只有湖楼上不时传来二人的谈笑声。

小厮端着酒菜，刚踏上湖楼的楼梯，便听到阵阵爽朗的笑声，心中不禁纳闷，这两位爷从傍晚便在此饮酒，中途都不曾出来过，也不知道什么事情让他们这么高兴。带着满脑子的疑问，小厮敲响房门走了进去，只见桌上堆满了稿子，原本在桌上的餐盘此时都堆在地上，桌旁两个发白如雪的头紧凑在一起，时不时地点点头。

小厮清了清嗓子，试图吸引两人的注意："咳咳，这是夫人让我送来的夜宵，两位爷趁热吃。"哪知袁枚和赵翼两人讨论得太入神了，根本没有听到小厮的话。小厮只好端着酒食，再提高音量提醒两人。这次二人听是听到了，但是也吓了一跳，袁枚直问："出了什么事？"小厮重复道："夫人准备了夜宵，两位爷要不要趁热吃？"

袁枚疑惑道："夜宵？"抬眼望向窗外，夜色如墨，一轮圆月映入眼帘，不由自主地打了一个哈欠："时间过得也太快了，居然一眨眼就入夜了。"赵翼见袁枚面露疲色，不禁抱歉道："是我不够贴心，这么晚了还拉着袁兄读诗，袁兄早些去休息吧，我们明日继续。""也好！确实有些乏了，贤弟也早点休息！"

接下来几天，赵翼一直借住在袁枚的寓所。两人白日泛舟作诗，傍晚回到湖楼继续论诗。几日后，赵翼向袁枚告别，动身回常州。临行前，二人相互赠诗留念，袁枚将二人相逢后的点滴美好写成《谢赵耘松观察见访湖上兼题其所著瓯北集》赠予赵翼：

> 花开锦坞登楼宴，竹满云栖借马行。
> 待到此间才抗手，西湖天为两人生。

4. 湖楼诗会，面授众才女诗艺

乾隆五十五年庚戌（1790），七十五岁。春，子才赴杭州，寓孙嘉乐宝石山庄，与其女云凤、云鹤姊妹过从。四月十三日，将还江宁，乃招孙云凤、孙云鹤、张秉彝、徐裕馨、汪姬等女弟子凡十三人，大会于湖楼。①

自古以来，"女子无才便是德""女子不宜为诗"的观念深入人心，但袁枚可不这么认为。每当这些观念传到袁枚耳中，他都会大声呵斥："荒唐至极！从古至今有才的女子不胜枚举，她们的佳作更是不绝如缕。现在很少有人鼓励女子创作，使得才女常被埋没，实在是

①郑幸：《袁枚年谱新编》，上海古籍出版社，2011年，第555—556页。

令人惋惜！"实际上，袁枚不仅惜才，还会尽己所能指点才女们创作。

乾隆五十五年（1790）春天，袁枚回杭州扫墓，暂住在孙嘉乐的宝石山庄。孙嘉乐的一对女儿孙云凤、孙云鹤听到这个消息后，惊呼"喜从天降"。原来袁大诗人闻名遐迩，孙氏姐妹自小便将袁枚当作偶像，每当袁枚有新的作品问世，她们都会认真拜读学习。

所以，在袁枚住进宝石山庄的第二天，孙氏姐妹就在她们父亲的陪伴下，早早来拜见袁枚。袁枚见两人诚意十足，忍不住夸赞："孙兄真是好福气，一对女儿可谓是'扫眉才子两琼花'，让袁某艳羡哪！""哪里，哪里！小女们痴迷作诗，平日里奉先生为榜样。今日还烦请先生点石成金，以期来日有些长进。"

袁枚满面春风地翻看诗稿，读着读着便忍不住竖起大拇指："真是'长江后浪推前浪'！孙兄的一对女儿出类拔萃，未来可期啊！"孙氏姐妹侍立在一旁，听到袁枚的评价后，喜悦之情溢于言表。

当天由于袁枚还有事在身，只能略作点评，临走前不忘叮嘱孙氏姐妹："你们二人才华出众，要继续坚持创作，日后有机会我们再细加探讨！"然而袁枚没想到的是，这个机会来得这么快。

孙云凤被偶像夸赞后，激动之情难以自抑，急不可耐地将此事跟闺蜜们分享。很快，"袁枚来杭指点孙氏姐妹作诗"的消息在杭州才女圈内传播开来。那些才女得讯后，都争先恐后地跟孙云凤联络，希望自己也能够与袁枚见上一面，得到大诗人的指点。有人甚至"威胁"孙云凤，倘若此事不成，立刻绝交，孙云凤哭笑不得。

见大家都如此积极，孙云凤便向袁枚传达了众才女的迫切愿望。

袁枚一听，不禁放声大笑："哈哈！想不到老朽如此受欢迎？既然如此，我回江宁前就在杭州办一场诗会吧，时间暂定为四月十三日。云凤，诗会就交由你来举办吧。"

四月十三日，风和日丽，西子湖畔落英缤纷，柳絮飘飞。往日清雅幽寂的宝石山庄，此刻分外热闹，杭城的才女们早早地聚在湖楼上闲聊。然而，细细观察便能发现每个才女都会时不时悄悄瞟一眼大门口，盼着袁大诗人的到来。

突然传来一声："是袁先生！袁先生来了！"众才女一惊，齐刷刷地起身看向窗外。

只见楼下小路上，孙云凤等人陪着袁枚缓缓走来。楼上的才女们见了，赞叹声此起彼伏："这就是传说中的袁大诗人啊！""大诗人笑起来和蔼可亲，亲和力十足啊！""是呀！而且目光炯炯，精神矍铄！"

赞叹声中，众才女争相走下湖楼去迎接袁枚。袁枚顿时感到眼前一片花团锦簇，定睛看去，只见众才女个个气质优雅、风姿绰约。细心的袁枚暗暗点了点人数，算上孙氏姐妹在内一共 13 人。见后辈如此笃实好学，袁枚脸上绽满笑意。

才女们纷纷向袁枚行礼问安，袁枚一一拱手答谢后，便被众星捧月般簇拥到湖楼上。不一会儿就开席了，众人纷纷向袁枚敬酒。

这时，座中一个年纪虽小，但颇具胆识的小才女站了出来，向袁枚敬酒："久仰先生大名。小女子徐裕馨自幼敬仰先生，今日有幸与先生见面，奉上我平日的诗画，恳请先生斧正。"说罢便将杯中酒一饮而尽，呈上诗画作品，行跪拜礼。

其他才女见了，也纷纷起立，举着诗稿和画稿恳请袁枚指点。

霎时间，袁枚的耳畔一片莺声燕语。袁枚赶忙起身离席，示意徐裕馨起身："不必多礼，不必多礼！各位才女能拜老夫为师，也是老夫之幸啊！"又道："慢慢来，逐个道来！老夫今日一定倾囊相授，毫不保留！"云凤、云鹤也在一旁劝说道："不如我们按座次开始，距袁先生近者先来。"恢复秩序后，才女们轮流向袁枚献上诗画，说明自己的创作意图，聆听袁枚的精彩评点。

但过了一会儿，袁枚便发现，各才女仿佛只有在轮到自己发言时，才会提出自己的见解，这与自己设想中的诗会完全不同。于是袁枚放下杯盏，清了清喉咙道："尔等不要太过拘谨，今日我们相聚一堂，就是要大家畅所欲言，相互切磋诗艺，以求共同进步。"有了袁枚的鼓励，众才女纷纷踊跃发言，诗会的气氛逐渐热闹起来。

等到袁枚为每个才女都指点一番后，楼外已红日西坠。袁枚虽然身体有点疲惫，但心情却很好，他捋了捋银须赞叹道："谁说女子不如男，我这一众女弟子可谓是虹霓吐颖，百里之才啊！"

当晚，袁枚写下《庚戌春暮寓西湖孙氏宝石山庄临行赋诗纪事》这组诗，才与众人挥手告别：

再见西湖笑口开，惹他鱼鸟尽惊猜。
分明白发满头叟，说不来时今又来。

借得孙庄胜画图，行装飞送入冰壶。
主人赠我千金值，三面云山一面湖。

鼠姑阶下剩残红，杨柳当楼扬碧空。
一色琉璃铺十里，开门便作钓鱼翁。

……

红妆也爱鲁灵光，问字争来宝石庄。
压倒三千桃李树，星娥月姊在门墙。

参考文献

1. 郑幸：《袁枚年谱新编》，上海古籍出版社，2011 年。

2.〔清〕袁枚著，周舸岷选注：《袁枚诗选》，浙江古籍出版社，1989 年。

3. 王英志：《袁枚评传》，南京大学出版社，2002 年。

4. 袁杰伟：《随园流韵——袁枚传》，作家出版社，2018 年。

5. 王英志编校：《袁枚全集新编》，浙江古籍出版社，2015 年。

6. 罗以民：《子才子——袁枚传》，浙江人民出版社，2007 年。

十三、无双毕竟是家山[①]
——龚自珍的杭州情缘

一
城
诗
韵
H A N G

Z H O U

1. 新婚蜜月，夫妻情深泛舟西湖

嘉庆十七年壬申（1812），二十一岁。四月，
父丽正就徽州知府任。同月，龚自珍在苏州与舅父段
骐之女美贞完婚。……夏，与段美贞同至杭州。泛舟
西湖，作《湘月》（天风吹我）词。[②]

初春，乍暖还寒。北京城还未完全从冬日的严寒中
缓过劲儿来，阴天的日子里仍会从冻透了的土地中透出
丝丝寒气。即便如此，也掩不住龚府的热闹气儿。这几日，
龚府内人来人往，可以说是挨肩擦背了。

原来龚丽正刚接到调动工作的通知："于四月赴徽
州任知府。"京中的同僚、朋友得知消息后纷纷前来送行，
下人们也忙着整理府内物件，该打包的打包，该变卖的
变卖。此时，龚自珍正帮着父亲招待客人，言谈举止落
落大方。龚丽正瞧见后不由慨叹："吾家有儿初长成！"

于是南下赴任前，龚丽正和妻子段驯商量："阿珍
今年二十一岁，正是适婚的年龄。这次回安徽拜访岳父，
把儿子的婚事也定下来吧。"原来龚自珍的外祖父段玉

①"无双毕竟是
家山"，出自龚
自珍的《己亥杂
诗》。
②樊克政：《龚
自珍年谱考略》，
商务印书馆，2004
年，第61—65页。

裁早先读过他的诗文，颇为欣赏外孙的才气，并决定把次子的女儿段美贞许配给他，亲上加亲。段驯对准儿媳很是满意，止不住点头称赞："我是看着美贞长大的，这孩子自小就温顺有礼，和阿珍很是般配。"

一家人收拾妥当、告别京师朋友后，高高兴兴地乘车南下。龚丽正要在规定期限内赴任，只能与妻儿分道赶路。段驯便独自带着龚自珍回到苏州娘家。很快，龚自珍和段美贞两个年轻人在长辈的安排下见了面，不久又在段玉裁的主持下结为夫妻，共谐连理。

这日，二人商量蜜月行程安排，龚自珍尊重妻子的意见："夫人主内，你拿主意吧。"段美贞知道丈夫是杭州人，近些年背井离乡，在外谋取功名，应该十分思念家乡的。若到杭州度蜜月，不仅可以陪丈夫回家探亲，还可以亲眼见识一下"乱花渐欲迷人眼"的西子湖，于是就说："我们不如到杭州游玩吧，顺便拜访一下你家乡的亲人。"龚自珍自然是举双手赞同："夫人对我真是体贴入微，离开家乡近十年，我确实想回家乡看看啊！"

于是在一个风和日丽的日子里，龚自珍携同妻子回到了阔别十多年的家乡——杭州，开启了蜜月旅行。此时，杭州正值初夏，草木葳蕤，花似锦缎，正是游玩的好时节。

这天，天朗气清，调皮的阳光在古木的枝叶间穿梭跳跃，龚自珍和妻子携手漫步在光影婆娑的林荫小径上。微风拂过，龚自珍看到湖边的柳树翩翩起舞，感叹道："西湖的杨柳最是妖媚动人，随风飘动时更显轻盈灵动。"段美贞却被西湖的水面吸引，拉着龚自珍雀跃道："夫君快看！那湖面像不像一匹洒满珍珠的翠绿绸缎！"龚自珍见妻子一脸陶醉，便提议："夫人想不想亲手摸一摸这锦缎？我们租条小船，亲临其境，岂不妙哉！"

龚自珍效率极高，不一会儿便带着妻子，坐在游船上一边品茗一边赏景。望着绵绵群山，龚自珍轻拨茶盏，悠悠道："天风吹我，堕湖山一角，果然清丽！"经过这几日的相处，段美贞对自己的新婚夫君可谓是越看越满意，不知不觉地将心中所想说了出来："夫君能文能武，果真如祖父所言，才华绝异！"

听到妻子的赞美，龚自珍心里美滋滋的，但还是忍不住纠正妻子的说法："我的理想可不止于文武双全。""那你的理想是什么呢？"龚自珍将杯中茶水一口饮尽，大声道："大丈夫志在四方，我的理想便是大济苍生，重振乾坤！"看着妻子迷茫的眼神，龚自珍继续说道："说得具体点，我想成为王安石那样的'改革设计师'，在朝廷需要我的时候，我可以力挽狂澜。"段美贞对丈夫的实力和潜力深信不疑，鼓励道："夫君胸怀大志，有朝一日，定可以得偿所愿！"

龚自珍转念想到，自己这些年客居京城以求功名，却一直无果，不免有些丧气："可惜事与愿违啊！有时候实现理想的路途就是那么坎坷曲折，看不到希望啊！"段美贞看到丈夫如此低落，但又不知道如何安慰，只能默默握住丈夫的手。

龚自珍一低头看到妻子关心、担忧的眼神，心里暗叫不妙：蜜月旅行应该是快乐的啊，我这样郁郁寡欢，太破坏气氛了，有失大丈夫风范。他想，我得多传递一些正能量，便连忙说："罢了罢了，不提这些也罢！放着如此美景不用心欣赏，岂不是暴殄天物！"说罢，夫妻俩靠在一起，静静享受午后的悠闲时光。

湖山美景让龚自珍诗兴大发，小船刚一靠岸，龚自珍便取出随身携带的纸笔，一挥而就写下了下面这首妙词《湘月》：

> 壬申夏，泛舟西湖，述怀有赋，时予别杭州盖十年矣。
>
> 天风吹我，堕湖山一角，果然清丽。曾是东华生小客，回首苍茫无际。屠狗功名，雕龙文卷，岂是平生意？乡亲苏小，定应笑我非计。　才见一抹斜阳，半堤香草，顿惹清愁起。罗袜音尘何处觅？渺渺予怀孤寄。怨去吹箫，狂来说剑，两样销魂味。两般春梦，橹声荡入云水。

2. 双重打击，独游西湖追忆好时光

《龚自珍年谱考略》："嘉庆十九年甲戌年（1814），二十三岁。三月，送妻段美贞之柩返杭暂厝……同月，泛舟西湖，作《湘月》（湖云如梦）词。[①]

"蟾宫折桂，出官入仕"自古便是每个读书人孜孜以求的人生目标，龚自珍也不例外。嘉庆十八年（1813），龚自珍因为要参加秋季顺天乡试，只好暂别父母和新婚妻子，离家北上。

这日，一家人在徽州城门口为龚自珍送行。这是小夫妻婚后的第一次远别，彼此心头都酸酸的。但大家心里十分清楚，既要"为名臣"，就必须参加科举考试。段美贞忍住鼻尖的酸涩，不住叮嘱："这个时节，北京的气温怕是比这里低很多，你要照顾好自己，记得及时添衣……""哎呀，别把气氛搞得这么沉重。我不久就回来啦，等我再回来，杭州应是百花争艳的季节，届时我们再去西湖泛舟，可好？"龚自珍安慰好妻子后，就在家人的注视中，满面春风地赴京赶考。

①樊克政：《龚自珍年谱考略》，商务印书馆，2004年，第75页。

185

但是段美贞没有等到丈夫的喜讯，就患重病离世了。龚自珍在考试中也没有发挥好，落榜了。

考试不中，无疑是冷水浇头，令人沮丧的。所以，龚自珍一听到自己落榜的消息，便立刻策马南归。为了不让家人担心，一路上他不断安慰自己："没关系，只是一次考试罢了。我还年轻，来日方长！"

然而龚自珍怎么也想不到，自己星夜兼程赶回徽州家中，等待自己的竟是妻子的灵柩。仅仅一年多的时间，科举失利，爱妻溘逝。坏消息接踵而至，令龚自珍倍受打击，萎靡不振。一直到第二年三月，龚自珍才勉强恢复过来，带着仆人护送妻子的灵柩回杭州。

再次回到杭州，恍如隔世。服丧期间，龚自珍常常一个人站在湖边发呆，一站就是一整天，人也日渐消瘦。老仆人实在是于心不忍，上前开导："少爷要照顾好自

龚自珍手札

己的身体啊,夫人泉下有知,定是不想看到您一直这样啊!"

龚自珍木然地盯着湖面道:"你怎会知道我的悲伤啊!前年我与美贞来这里泛舟游玩,也就隔了一年的时间,湖山依旧,物是人非!""可您还年轻,日子还长着呀!总是如此也不是办法啊!"龚自珍哪里听得进去,自言自语:"临行前,我是何等的意气风发,而且我们都说好了一起回杭州旅行。现如今,我竟事业、爱情双失……"老仆见开导无果,连连摇头叹息:"时间是最好的良药,就把一切留给时间来治愈吧!"

办完丧事,龚自珍想一个人静静,便遣散仆人,独自到西湖边走走。刚走到湖边,脑海中就闪现前年春天,柳弹莺娇,自己和妻子漫步林荫小道的情景,每个场景都犹如慢动作回放般一帧一帧地再现眼前。然而,此时此刻,再看湖边杨柳随风摇曳,仿佛每根枝条都散发出忧郁的气息。

妻子最喜欢泛舟游湖,龚自珍便找来船夫,到湖面上追寻与妻子共赏西湖的快乐时光。当船夫询问去处时,龚自珍十分茫然,一时之间也不知道究竟要去哪里,含糊道:"你随意吧,到湖心的时候慢一点就行。"说完就仰躺在舟中,呆呆地看着远处。远处的群山在薄薄的青雾笼罩下,似有似无,忽远忽近。龚自珍忍不住伤感万分:"如今群山抑郁,不愿为我展颜。想当初,和夫人一同游玩时,青山葱翠欲滴,分外妖娆。果然都变了,都变了……"

船夫边摇橹边倾听,心想:这人年纪轻轻的,怎的一点年轻人的朝气都没有,便主动搭话:"我见公子仪表堂堂,俊俏得很,不知贵庚几许?""二十三了。""哟,正是充满无限可能的年纪呀！我瞧你低调内敛，较同龄人更成熟稳重，日后说不定会有大作为呀！"

船夫的无心之语一下子让龚自珍想起自己名落孙山，更是惆怅不已："成熟稳重又如何，还不是榜上无名。""许是时机未到呗！做人要向前看，你看岸边草色幽幽，转眼间又要入夏了，时间可是不等人的啊！一味沉湎于过去，毫无意义啊！"船夫见龚自珍有意听下去，便接着说："你若心情不好，就朝山林大声呼喊，把所有的不愉快都释放出来。"

许是对现实失望、压抑太久，龚自珍听了船夫的话后，坐了起来，双手攀着船舷，大声呐喊："众位前贤能听得到吗？我龚某人在此，可有人愿与我把臂言欢……"仿佛要将积压许久的苦闷、哀愁一并释放出来，龚自珍的喊声在宽广的湖面上徘徊许久才幽幽散去。

经此一游，龚自珍幡然醒悟：流光易逝，人还是要向前看的。于是写下《湘月·甲戌春泛舟西湖赋此》，将失意惆怅都留在词中：

> 湖云如梦，记前年此地，垂杨系马。一抹春山螺子黛，对我轻颦姚冶。苏小魂香，钱王气短，俊笔连朝写。乡邦如此，几人名姓传者。　平生沉俊如侬，前贤倘作，有臂和谁把？问取山灵浑不语，且自徘徊其下。幽草黏天，绿阴送客，冉冉将初夏。流光容易，暂时著意潇洒。

3. 无奈辞官，钱塘观潮赞家山无双

道光十九年己亥（1839），四十八岁。七月初九日到杭州，与父丽正相见……八月十八日，陪同父亲

观潮，有诗。①

道光十九年（1839），北京的四月，春光荡漾，古老的京城仿佛也充满了活力。但龚自珍却满面愁容，怎么看都与这春景格格不入。

这年，龚自珍48岁，正是年富力强的年纪，却因长期积郁于胸，食难下咽寝难安，倍显沧桑。原来，他因不满时政，力主改革，触犯了朝中顽固派的利益，招致顽固派不遗余力地排挤打击，使他的官场生活苦不堪言。三月份的时候，堂叔龚守正任礼部尚书，成了他的顶头上司。按照清朝的制度，龚自珍不得不辞职"引避"。这迫使龚自珍以"父亲年迈，需人侍奉"为由申请了提前退休。很快，退休申请得到批准。

这天傍晚，大片大片火红的云霞几乎染红了整个天际，微风拂过，嫩绿的柳条慵懒地晃动着。北京永定门外，两辆马车缓缓驶过。刚出城门，车中的龚自珍就叫停车夫，下车驻足回望这座生活了十多年的城市。

车夫见他面带忧愁，就安慰道："先生无须忧伤了，以先生的才华，以后有的是机会。"

"唉，我何尝不知失意无用。只是每每想到，自己努力了这么多年，却与年轻时的梦想越来越远，心意难平啊！"然而这一切已成定局，多说无益，龚自珍愤然道："罢了，罢了！我们走！"

龚自珍早早做好了归乡之行的攻略，出发时轻车简从，只带上自己喜爱的书籍。一路上走走停停，将沿途的老友都拜访了个遍。转眼两个月过去了，道光十九年（1839）七月初九这天，龚自珍踏上暌违十四年的故土——

①樊克政：《龚自珍年谱考略》，商务印书馆，2004年，第453—472页。

杭州。

　　龚丽正得知儿子归乡的具体时间后，一早就站在门前迎接儿子回家。龚自珍看到年逾古稀的父亲，心中百感交集："是儿子不孝，这些年都没能在您身边好好尽孝。这次回来，我就不走了，留在您身边，多陪陪您。"龚丽正拍着龚自珍的背安抚道："回来就好，回来就好，你也该休息休息了。正好这几日我比较清闲，带你出去转转如何？""正有此意。"

　　龚自珍的退休生活十分丰富多彩，几乎天天外出游玩，可谓是"一秋十日九湖山"。但一连数日游山玩水，龚自珍不免也有些困顿疲乏。这日便决定和父亲待在家中休息、乘凉，闲聊间，龚父问道："这些年你走南闯北，应该见过不少美景。你觉得哪处景致最难以忘怀？"

　　龚自珍不假思索道："那自然是家乡风景独好！"

　　"哦，为何？"龚父饶有兴致地问道。

　　"浙东一带，虽山川秀丽，但过于清孱。黄河以北雄伟壮丽、风景奇特，但看得久了，便会觉得粗野不驯。所以啊，在我心里家乡风景天下无双。"

　　说到"无双"，龚自珍突然想到，家乡的"钱塘江潮"可不就是天下无双嘛！算算日子，农历八月十八就要到了，便询问父亲："过几日就是观潮日了，父亲可有时间一起观潮？""我早早将那日空了出来，一年一度的'天下第一大潮'可不容错过呀！"

　　在杭州，有一句话叫作"钱江潮水甲天下"。每年的农历八月十八，钱江大潮携海提岙，蔚为壮观。杭州城万人空巷，许多外地人也不远千里来到钱塘江边一睹潮水的壮观。

这日，龚自珍和父亲起了个大早，赶到钱塘江边时，不禁惊叹："钱塘江的魅力真是不减当年啊！"看着江边人头攒动，龚自珍不禁感叹道："自我记事起，每年到这个时候，江边都会是这番景象。""何止从你记事时起，我们龚氏一族祖祖辈辈生活在这里，想来也有近四百年了，世世代代都有幸欣赏……"龚父话未说完，就看到远处一条银白色的水带疾速奔来，顷刻间波涛汹涌，满江沸腾。

"快看！潮水来了！"

"不愧是'天下第一潮'！"

"哇！"

〔清〕袁江《观潮图》

......

一时间惊叹声此起彼伏。

回家的路上，父子二人耳边仿佛依旧充斥着巨雷般的潮水声。龚自珍意犹未尽地说："钱江大潮果真雄伟壮观，这些年没能回家观潮，真是遗憾！""是啊！这些年越来越多的外地人慕名而来，龚家在杭定居，一出门便能观赏到此等奇观，不知会有多少人羡慕我们呢！""说到羡慕，说不定还有很多人羡慕您呢！"龚父好奇道："哦，为什么呢？""您好好回想一下读过的诗书典籍，古往今来，侍奉长者观潮的能有几人呢？"听到这里，龚父不禁开怀大笑："如此看来，我儿的孝心十分难得，我可真是人人羡慕的对象！"

晚上，龚自珍侍奉父亲就寝后，一个人坐在房内回味和父亲一同度过的温馨时光，写下一首绝句收入《己亥杂诗》：

家住钱塘四百春，匪将门阀傲江滨。
一州典故闲征遍，撰杖观涛得几人？

4. 重见法师，佛法真谛全靠参悟

道光十九年己亥（1839），重晤慈风于乔松庵，有诗。①

自从回到杭州后，龚自珍或陪父亲外出游玩，或与亲朋到酒楼叙旧，或在家中接待客人……转眼间，回家已有近半月了。

这日龚自珍早早起床，站在门前迎着朝阳伸了一个

①樊克政：《龚自珍年谱考略》，商务印书馆，2004年，第476页。

大大的懒腰，嘀咕道："今天的天气真是不错啊！"一旁的小厮附和道："可不是嘛，天清气爽，正是出游的好日子。""你这话倒是提醒我了！这几日一直待在家中吃酒待客，我快闷坏了。快！备好车马，我们今日出门好好逛逛！"

不一会儿，龚自珍就坐在车上出发了。但是漫无目的地闲逛也是无聊得很，赶车的仆人提议："听说最近西溪附近有一座寺庙很是出名，很多人都去那里烧香拜佛，先生有没有兴趣去那里看看？"

说到寺庙，龚自珍猛然想起，自己回来这么久，还没去拜访过对自己甚有帮助的慈风法师，于是赶忙拾掇一番，备一份薄礼，前往城东的乔松庵。

仆人感到十分好奇："杭城名刹林立，尤其是天竺、西溪一带。我看很多人都去那里的寺庙，先生为何偏偏选择乔松庵啊？"

"这大概就是佛家所说的'因缘'吧！为母守丧期间，我本就十分低落，再加上一些生活上的琐事，各种负面情绪一齐砸下来，别提有多难受了。机缘巧合下，我住进了乔松庵，白日无事便听听慈风法师讲法诵经，有时也跟着做些佛事、研习佛学。久而久之，心中渐渐平静下来。"

"照您这么说，慈风法师十分厉害。""那是自然！这些年，每当苦闷彷徨时，我都会潜心研佛，心中的苦寂就会随之消解了。"说着说着，两人便到了乔松庵。

慈风法师正坐在佛像前打坐念经，感到身后有人影晃动，便起身迎接，定睛一看竟是久违的故人。龚自珍赶忙恭恭敬敬地双手合十，向慈风鞠了一躬。二人互相行过礼后，慈风法师便开口调侃道："许久未见，听闻施主回杭的途中边走边吟，所作的诗文十分抢手。现如今施主可谓是名声大噪啊！""哪里，哪里，若没有法师的点拨，我也无法挣脱世间烦恼，以平常心看待事物，写出好的诗句啊！"

聊着聊着，龚自珍突然想起最近修行佛理时，仍有一些不明白的地方，赶忙请教法师。哪知慈风法师听完后，只是笑笑，并没有回答。龚自珍见天色渐晚，只好作罢，起身告辞："我就不多叨扰您了，下次再来向您讨教佛法吧。"慈风法师也跟着起身相送，走到山门时，慈风法师突然说道："是佛法。"龚自珍一时间也摸不着头脑，只能谢过法师，想着回家后自己再好好琢磨琢磨吧。

见慈风法师还有继续送自己的意思，龚自珍赶忙说："您回去歇息吧，送客可不是出家人应做的事啊！""怎么会，贫僧反倒认为送客才是佛事，不送反而有违佛旨。"龚自珍眼睛一亮，恍然大悟道："原来如此，我明白了！"说罢便向慈风法师行礼告别，迈着轻快的步伐离开了乔松庵。

路上，随行的仆人为龚自珍打抱不平："先生岂不是白走一遭，亏得您对他那么尊重，他却不为您答疑解惑。"

龚自珍却很是高兴地摸摸自己的小胡子道："非也，非也！佛家有言：'破法归空叫遮，存法观义叫照。'照天台宗的说法：'遮就是空观，照就是假观，看问题要同时看到二者，辩证地思考。'"

看仆人一脸茫然，龚自珍道："哎呀，你真是没有慧根哪! 送客这件事呢, 可以说送也是, 不送也是, 送也非, 不送也非, 要同时看到这两层道理。仅凭这点, 佛教教义就在乔松庵大放光芒了。"仆人听得云里雾里, 更加迷茫了。龚自珍恨铁不成钢: "唉, 算了算了! 我们回家吧! "

回家的路上, 龚自珍坐在车中, 不停揣摩慈风法师的点拨, 越想越觉得自己颇有领悟, 到家后便将今日的所见所感写成了一首七绝诗:

> 我言送客非佛事, 师言不送非佛智。
> 双照送是不送是, 金光大地乔松寺。

5. 探访老友, 宴饮之际即兴赋诗

道光十九年己亥 (1839), 过严焕富春山馆, 觞咏十日。[1]

都说"习惯一旦养成, 就很难改变", 龚自珍在京任职期间, 由于公务在身, 早已养成了按时作息的生活规律。如今卸下职务, 一时间还很难从"工作模式"切换到"假日模式"。这天早上, 龚自珍起床后坐在床边发呆, 心想: 回家这些日子, 每天都过得如出一辙, 没有一点新意……

龚自珍的第二任妻子何吉云见丈夫起床后一直没有来吃早饭, 便推门进来提醒, 却见丈夫老僧入定般坐在那里, 她便关切地问道: "夫君想什么呢? 这么入神! "

"好久未与严焕侍郎好好聚一聚了, 今日我想到严焕侍郎的富春山馆坐坐, 可一日时间太短, 未必尽兴。这一来一回, 时间都浪费在路上了, 不划算……""那你

①樊克政:《龚自珍年谱考略》, 商务印书馆, 2004年, 第477页。

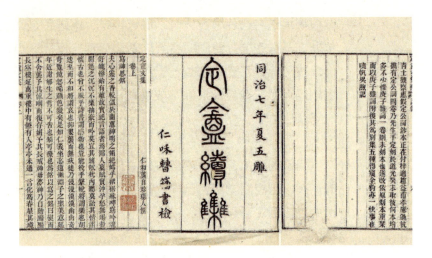

龚自珍《定盦续集》书影

干脆在那里借宿几晚，玩个尽兴呗！"龚自珍顿时喜上眉梢，拍手称赞："我怎么没想到呢！"说着便命人收拾出游的物品。

其实，龚自珍十分喜欢和朋友聚在一起开怀畅饮，谈天说地。以前由于公务在身，不能远游，只能抽空与京中好友短聚，每次都是匆匆来往，不够尽兴。今天同妻子道别后，便开开心心地前往严烺的富春山馆。一路上，龚自珍不停地询问车夫："还有多久才能到？""我们现在到哪里了？"

不知过了多久，龚自珍已在车中昏昏欲睡。这时一声"龚兄"，把龚自珍的瞌睡虫全都赶跑了。原来，严烺得到龚自珍要来做客的消息，早早等在门口迎接他。

龚自珍赶忙下车："许久不见，严兄近来可好啊？""哈哈，托龚兄的福，还不错！"两人边走边寒暄着。途中，龚自珍睁大双眼左顾右盼，对园内的设计赞不绝口："小桥流水，花木扶疏，曲径通幽。严兄，你这里精致感满满，打理起来可没少费心思吧！""也没有太费心啦！这里原本的主人金中丞在建造的时候，设计得十分精巧，后期的修整也颇费心思。我不过是幸运地捡到漏罢了！"

龚自珍一听是捡漏所得，精神为之一振。心想，说不定自己也能有幸拥有同款园林呢！赶忙询问："严兄快与我说，你是怎样捡到漏的？如若可以，我也想要一座这样的园子。"

"当初我得知此园要出售时，已有很多人知道消息并前来看园子了，我以为自己定与此园无缘了。但没想到过了一段时间，我偶然听闻这座园子依旧无主。经过打听才知道，来看园子的人在得知园后有一个与护城河相连的池塘后，因为担心夜间难以守护，便纷纷放弃购买。我赶忙抽空来这里看一看，结果我第一眼便爱上了这里。尤其是那个池塘，池水明澈、碧波浩渺，我更是喜欢得不得了，于是我当即买下了此园。"说到这里，严烺感叹自己很幸运。

龚自珍听完，连连称羡："严兄真是好运，实在是羡煞我了！"

经过池塘旁的小桥时，龚自珍不禁驻足观赏。只见池塘里游鱼戏水，碧波荡漾。龚自珍深吸一口气说："你这里的空气似乎都比其他地方甜许多。纵观天下名园，你这里在我心里绝对名列前茅！""哈哈！龚兄若喜欢，不妨多住些时日，多叫上几个熟识的朋友，我们一起痛快玩上几天可好？"龚自珍自然是求之不得，满口答应下来。

这天中午，龚自珍与朋友们聚在园内饮酒。席间，众人推杯换盏，尽享丝竹之乐。酒酣耳热之时，突然有人提议："听闻龚先生在南下回杭的路上，创作颇丰。不知今日，先生可否即兴创作一首，让我们也开开眼。"

"哪里，哪里，过奖了！"龚自珍扫视一眼全场，豪放地一拱手，"那我就献丑了。"他看着桌上丰盛的美酒佳肴，天上飞的、地上跑的、水里游的一应俱全，突然灵感闪现，急忙让仆人备好文房四宝，大笔一挥，便将宴饮之乐诉诸笔墨：

> 俎脍飞沉竹肉喧，侍郎十日敞清尊。
> 东南不可无斯乐，濡笔亲题第四园。

写罢，龚自珍拿起酒杯一饮而尽，畅快道："成了！"众人一拥而上，细细品读一番，纷纷竖起大拇指："不愧是定庵先生！"严烺更是将诗捧在手中，爱不释手，不住称奇："龚兄才思敏捷，斐然成章！佩服！佩服！"

当天直到日薄西山，园内灯光昏暗，众人才依依不舍地散去。

参考文献

1.〔清〕龚自珍著，刘逸生、周锡校注：《龚自珍诗集编年校注》，上海古籍出版社，2013年。

2.樊克政：《龚自珍年谱考略》，商务印书馆，2004年。

3.陈铭：《剑气箫心——龚自珍传》，浙江人民出版社，2005年。

4.陈铭：《龚自珍评传》，南京大学出版社，1998年。

5.剑南：《龚自珍——激愤人生》，长江文艺出版社，1998年。

十四、一湖风月此平分①
——醉心西湖山水的俞樾

1. 接受邀请，担任杭州诂经精舍主讲

> 同治七年戊辰，四十八岁。先生受浙抚马毂三（新贻）之聘，辞紫阳书院讲席，赴杭任诂经精舍主讲。……二月十五日，先生于诂经精舍开课。②

同治六年（1867），俞樾在苏州紫阳书院任教已有一年了。这日授课后回家，妻子姚氏如往常一样在门口迎接丈夫，瞧着丈夫眉间的褶子几乎全堆在一起，就差把"我不高兴"几个大字挂在脸上了，姚氏心想："怕是工作上又遇到不顺心的事了吧……"

原来，由于紫阳书院的办学宗旨跟自身教学理念不大一致，俞樾这一年过得并不快乐。但你若问他，既然你如此不快乐，为何不换个地方工作呢？俞樾一定会摇头叹气："我又何尝不想跳槽，做自己真正喜欢的事呀。但……哪里有合适的机会呢？……且先这样吧，若有合适的机会再说吧。"

常言说得好，"机会总是留给有准备的人"。时任浙江巡抚马新贻读了俞樾的《群经平议》，击节叹赏，

①"一湖风月此平分"，出自俞樾的《题杭州西湖湖心亭联》。

②徐澄编撰：《俞曲园先生年谱》，载《儒藏》史部第97册，四川大学出版社，2007年，第179页。

十分仰慕俞樾的学问，亲自跑到苏州来力邀俞樾到杭州去做诂经精舍主讲。

俞樾激动之余，立刻将两个书院在头脑中粗略比较一番："紫阳书院的学风我不是很喜欢，诂经精舍的学风倒好像和我的研究风格接近。再者紫阳年俸四百两，诂经精舍年俸六百两，这样看来，紫阳的薪水也着实低了些。"这么一比较，高下立见，稍作思考的俞樾就欣然接受了马新贻的邀请。

回到家后，俞樾迫不及待地和家人分享这个好消息。家人都看得出俞樾十分喜欢这份新工作，便大力支持他做自己喜欢做的事情。但唯一的遗憾就是，在杭州工作要与家人分居两地。俞樾向家人保证：只要书院一放假，自己便立刻坐船回家与家人团聚。

就这样，俞樾辞去了苏州紫阳书院教席的职务，于

诂经精舍旧址

同治七年（1868）二月十五日开始在杭州诂经精舍正式工作。这时的俞樾已经四十八岁了，可能连他自己都没想到，这一工作变动，竟让他的事业迎来了新的春天。

在杭州诂经精舍任教的每一天，俞樾都过得很充实，很开心，不仅因为他的教学理念和书院创办人的理念基本相同，授起课来如鱼得水，而且西湖的盛世美颜也让他沉浸其中，无法自拔。

诂经精舍坐落在孤山上，可以一览西湖美景。晴时，青山滴翠，上雷峰塔看斜阳一抹；雨中，烟波浩渺，坐舟中赏水墨云烟；月下，水天相接，倚阑干静享时光流逝；雪后，银装素裹，携一壶好酒踏雪寻梅。正如杭州名谚说的："晴湖不如雨湖，雨湖不如月湖，月湖不如雪湖。"俞樾主讲诂经精舍三十一年，对此深有体会，曾以《虞美人》为题，将西湖百态记在纸上，留在心底。

晓烟乍破青山醒，镜里明妆靓。迷离金碧滉楼台。不信人间此外、有蓬莱。　画船箫鼓时来往，绿水春摇荡。迟迟听彻凤林钟，要看斜阳一抹、上雷峰。（晴湖）

乱珠点点抛来疾，山气浓于墨。眼前何处认南屏，但见空濛远水、接天青。　兰桡整日堤边歇，谁更携游屐？烟蓑雨笠坐孤篷，只好红衣画个、老渔翁。（雨湖）

一轮乍透疏林缺，洗尽人间热。湖心亭上倚阑干，便觉琼楼玉宇、在尘寰。　树阴满地流萍藻，夜静光愈皎。天心水面两相摩，时有银刀拨剌、跃金波。（月湖）

青山一夜头都白，大地琼瑶积。玉龙百万戏长空，只剩红墙半角、是行宫。　何人载酒来相就，要与严寒斗。堤边几树老楂枒，误认疏疏落落、尽梅花。（雪湖）

2. 携妻来杭，月夜相伴同游西湖

九月，与姚夫人同游西湖，住诂经精舍之第一楼。[1]

八月末，阳光开始一点点退去那令人难以招架的热情，秋天的脚步渐渐走近，俞樾的假期也马上就要结束了。这日，姚氏一边为俞樾收拾行李，一边碎碎念："也不知开学时，杭州天气怎样，但愿这些衣物都能派得上用场……"

俞樾知道妻子是担心自己在杭州不能照顾好自己，便赶忙打岔："开学时，杭州的天气应该很是不错。听说九月正是桂花盛放的时节，整个杭城都飘溢着浓郁的花香，想必到那时，空气都是甜的吧！"

假期里，姚氏听得最多的，便是丈夫对杭州风光的赞叹，现在瞧着丈夫心驰神往的样子，姚氏禁不住也想亲自到杭州一睹为快。

俞樾《与内子至冷泉亭小坐》诗

①徐澂编撰：《俞曲园先生年谱》，载《儒藏》史部第97册，四川大学出版社，2007年，第180页。

宠爱妻子的俞樾又怎会不知妻子的心思，便同妻子商量："夫人，不如这次我们一起去杭州吧。九月份的时候，杭州秋高气爽，正是游玩的好时节。在精舍开学前，我们可以好好赏玩一番。"

于是，九月回杭的水路上，俞樾有了妻子的陪伴。坐在船上，姚氏看着悠悠河水，抿唇笑道："白居易曾言'日出江花红胜火，春来江水绿如蓝'，如今正值初秋，不知此时的杭州是何景象？"俞樾思索了下说："纵然杭城春意不再，定然还有其他美景等着我们。白居易不是还有'绿觞春送客，红烛夜回舟'的诗句吗？想必杭州西湖的夜景也是别有韵味的。"

果然，在诂经精舍第一楼住下的那晚，姚氏便被旖旎的西湖夜景深深吸引。之后的日子里，夫妻二人常在晚饭后凭栏远眺，看星月交辉，灯火辉煌。

转眼间，姚氏来杭已经一月有余。这晚，夫妻俩如往常一般斜倚栏杆，对坐清谈。俞樾望着远处闪烁的点点灯火，忽然想到妻子来杭这么久，竟然还没到湖中游玩过，是自己疏忽了，于是提议道："夫人，远眺不如近观，不如我们乘舟夜游西湖？"姚氏一听，很是欣喜："好呀，我也正有此意。"

俞樾赶忙拉着妻子来到湖边，相熟的船夫见了俞樾，起身上前招呼："俞先生来啦，想必这位便是尊夫人吧！""是啊，趁着夜色正好，一起来湖上赏赏风景。"俞樾一边说，一边扶着姚氏上船。

船夫等二人坐稳后，慢慢摇着船桨，将船驶向湖心。傍晚的西湖少了白日喧嚣热闹的烟火气息，多了一丝清冷幽静的韵味。小船过处，湖面泛起圈圈涟漪。置身湖心，四周万籁俱寂，耳边只有轻柔的水声和咿呀的橹声，惊起正在休憩的鸥鹭。薄雾如轻纱笼罩了整个湖面，一切朦朦胧胧、美如梦幻。

过了一会，月亮从云层后钻了出来，皎洁的月光洒向湖面，闪烁着细碎的银光。俞樾不禁感叹："人这一辈子能欣赏到如此绝美景致的机会，怕是寥若晨星吧！""是啊！更何况光阴似箭，不知不觉间，你我鬓间都已生出些许白发了。"姚氏也感慨地说道。

俞樾听出了妻子话中的忧虑，心想："哎呀，我干吗提起这么沉重的话题，这不是破坏气氛嘛！"赶忙安慰姚氏："夫人你看，虽然人生短暂，但是现在我们拥有彼此，还能在一起观赏这一湖风景、一轮明月，也不失为人间难得呀！"夫妻俩相视而笑，执手对坐舟中，静享这难得的静谧时光。

清绝幽美的夜景在俞樾心中埋下一抹绵长的牵念。当晚回到第一楼后，俞樾便提笔将月夜泛舟的美好写成《瑶华慢·十月十日与内子坐小舟泛西湖看月》一词：

> 风清月白，如此良宵，算人生有几。扁舟一叶，云水外，摇过湖心亭子。橹声轧轧，把鸥鹭，联翩惊起。隔暮烟回望红窗，认得读书灯是。　　天边何处琼楼，叹一落红尘，光景弹指。今宵明月，应笑我，换了鬓青眉翠。嫦娥休妒，让我辈，人间游戏。倚绮窗共玩冰轮，约略前生犹记。

那晚泛舟的每一秒对俞樾都弥足珍贵。于是在以后的两三年间，每当俞樾假期结束，来杭州工作时都会带上妻子，一起领略西湖的妩媚风姿。以至于多年后姚氏去世，俞樾常常孤身一人坐在廊边，对着满湖月光陷入思念妻子的遐想中。

3. 结交彭雪琴，共游西湖最胜处

> 同治八年己巳，四十九岁。春，尚书彭雪琴（玉麟）至杭就医，假诂经精舍养疴，与先生一见如故，遂订交。……同治十二年癸酉，五十三岁。三月，彭雪琴筑退省庵于西湖。杨石泉中丞招彭公与先生作云栖、九溪十八涧之游。[①]

俞樾自打成为诂经精舍主讲后，工作顺利，闲来无事时常和朋友一起游山玩水，或到友人家中坐坐聊天，一起吃顿便饭，日子过得十分悠闲。

一天，他受邀参加兵部侍郎彭玉麟来杭的接风宴。席间，俞樾听闻彭玉麟（字雪琴）来杭州养病，因为行程太紧，还没找好住处，便热情相邀："彭兄若不嫌弃，不如到我精舍第一楼小住几日，好让我尽尽地主之谊。"能得到"朴学大师"俞樾的邀请，彭玉麟自然高兴，连说："如此甚好！甚好！早就听闻精舍依山傍水，风景绝佳，正好借这个机会一饱眼福。"两人一见如故，颇有相见恨晚之感。

由此彭玉麟就住在诂经精舍将养身体。每天或读读书、练练字，或看看西湖美景，对西湖的热爱之情也与日俱增。

有一天，彭玉麟忍不住向俞樾倾吐肺腑之言："荫甫，你这里山清水秀，最宜养老。日后我若卸下一身职务，一定要在这附近寻一块地方建房子。既可以跟你做邻居，又可以日日欣赏美景，岂不妙哉！"

①徐澈编撰：《俞曲园先生年谱》，载《儒藏》史部第97册，四川大学出版社，2007年，第180—183页。

一城诗韵 HANG ZHOU

彭玉麟是一个言出必行的人，三年后来杭小住时，果真在西湖小瀛洲上建了几间小巧精致的房屋，取名为"退省庵"。退省庵与诂经精舍第一楼隔湖相望，彭玉麟时常坐着小船来精舍看望俞樾。有时带一壶好酒，和俞樾泛舟湖上；有时挑一个阳光明媚的日子，来一场说走就走的旅行。

三月，春意萌生，烟柳轻摇，正是外出游玩的好时节。一天，浙江巡抚杨昌濬（字石泉）邀请彭玉麟和俞樾一同到九溪十八涧踏春，俞樾听说去九溪十八涧，眉飞色舞起来："那里我去过一次，景色很是优美，可谓是'西湖最胜处'。我一直想再去那儿游玩，不如我们明天便去吧！"

彭玉麟剑眉一挑，按捺不住心中的好奇，忙问道："不知那里有何特别处，竟让荫甫称作'最胜处'？"

俞樾故作神秘道："明天去了你便知道啦！"

第二天一早，三人碰面后便直奔目的地——九溪十八涧。一路上，彭玉麟按捺不住自己的"好奇心"，频频探出轿子看看走到哪里了。俞樾瞧着友人急切的模样，不免觉得有趣，慢条斯理道："此地少有人问津，我也是初到杭州时偶然听别人称赞那里'晴好时苍翠欲滴，阴雨时云雾缭绕'。后来有幸去过一次，那里……"转头看到友人急不可耐的样子，俞樾不禁卖起了关子："哎呀，我不能透漏更多啦！我们马上就到了，保你会被那里惊艳到。"

这可吊足了彭玉麟的胃口，好不容易到达目的地，便迫不及待地掀开轿帘，刚探身出轿门，就清晰地听到叮咚叮咚的溪水声。彭玉麟赶忙跳出轿子，放眼望去，群山环抱，翠色欲滴。闭上眼睛，张开双臂，静静聆听溪水潺潺流过的声音，犹如仙乐般悦耳。彭玉麟不禁感叹："这世上居然有如此幽静的地方！"

俞樾在一旁止不住微笑道："雪琴，你如今这般模样，和我初来这里时的样子可谓是如出一辙啊！走吧，山上的景色更迷人呢！"

一行人沿着山路迤逦而上。一路上，足之所履，皆是美景。走到五云山时，山路愈转愈深，景色也愈加幽雅秀丽。古木参天，浓荫蔽日，偶有几缕阳光穿过树梢，在大片黛绿的树影上印上细碎的金点。幽邃恬静的山林野趣让彭玉麟陶醉其中无法自拔，直呼相见恨晚："我仿佛感到山间灵气流转，连呼吸都是一种享受啊！"

俞樾十分赞同："雪琴此话讲到我心坎里去了，别看平日里九溪从不显山露水，但只要走近它，就会觉得这山间仿佛有魔力似的。想我平日足力最弱，城中半里之地我都不愿弃车行走，初游九溪时竟足足徒步了好几里，也未觉得疲累。"

杨昌濬听了抚掌大笑道："杭州连日来阴雨绵绵，今日怕是天公作美，特意为我们放晴了！"

"今日若不尽兴而归，岂不辜负了天公的一番美意！"彭玉麟一时童心大发，双手合拢做喇叭状围在嘴边高声大喊，惊得树梢上的鸟儿霎时间扑棱着翅膀四处逃窜。当路过清澈的浅溪时，他猛地一脚踏进去，溅起清凉的水花；见山中野兔从眼前跑过，他便以迅雷不及掩耳之势，拾起小石块丢过去。俞樾见状不禁哈哈大笑："雪琴啊，你不像是来观赏风景的，倒像是山贼回山！"

直至山林夕照，一众人等才恋恋不舍地下山。到家后，俞樾还一直回味与朋友结伴游玩的美好时光，并写下《口占二绝句》：

一

篮舆屈曲八山行，天为清游特放晴。
却好五云最深处，闲鸥威凤共联盟。

二

此来襟带有江湖，自觉尊前诗胆粗。
不及老彭豪更甚，右拈吟管左提壶。

4. 建成俞楼，师生情谊永成佳话

光绪四年戊寅，五十八岁。四月，先生门下诸弟子为先生建俞楼于西湖孤山之麓。[①]

光阴似箭，日月如梭，转眼间俞樾在诂经精舍任教已有十年了。这十年来，每到春秋开学季，俞樾便从苏州乘船返杭，在第一楼住上一段时间后再回苏州与家人团聚。渐渐地，他也习惯了这样的生活节奏，不觉得两地奔波有多辛苦。

光绪三年（1877）秋天，俞樾像往常一样在诂经精舍住了十多天，见书院所有工作都有条不紊地进行着，完全不需要自己操心，便计划着九月上旬回苏州待几天。临行前一天，俞樾一如既往地备上几道小菜，和几个熟稔的同事、门生在第一楼里小聚。

众人杯酒互庆，相谈甚欢，不知不觉屋外已经满天红霞，夜幕将至。考虑到俞樾第二天还要起早赶路，大家起身道别。这时，一个叫孙渔笙的弟子忽然提议："老

师明天就要回苏州了，这一别，想要重聚恐怕就要等到明年了。王梦薇的画功了得，不如将我们今天聚会的情境画下来。这样我们虽不能常聚，但可以日日观赏，也算是有个思念的物什了。"

俞樾和学生们感情十分深厚，每次放假回家后，也是十分想念学生的。想着若能把今天欢聚一堂的情境再现画中，自然是不错的，便也点头同意了。

回到苏州没几天，俞樾便收到学生寄来的信和画。打开画轴，精美的画面映入眼帘，那日的雅集犹如再现眼前，俞樾看后不住点头。

转手拆开一旁的信件，信中讲到，画的名字叫《俞楼秋集图》，一共有两幅，另一幅悬挂在第一楼中，供大家欣赏。俞樾似乎能想象到，大家围在画前，聊着那日的聚会如何开怀，不禁笑得眯起了眼睛。

接着读下去，俞樾的眉头蓦地皱了起来。原来信中说，善于书法的同学用篆体写了"俞楼"两个大字，正打算定制一块匾额挂到第一楼的正门上。

俞樾心里暗暗思量："我在精舍主事这些年，常住在第一楼。虽然大家已经习惯称之为俞楼，但在我之后，一定会有其他人接管诂经精舍，倘若今日在门前挂上一块'俞楼'匾，他日其他主事人看到，难免会有点尴尬，不妥不妥……"

想到这里，俞樾赶忙拿起纸笔，写信阻止学生。信中大致讲了下自己的想法："我只是在任教诂经精舍期间，暂作第一楼的主人。多年以后，第一楼会迎来新的主人。那时住在楼中的定不是我俞某人，若仍称其俞楼，恐怕就不太合适了。"俞樾怕自己这么说伤了学生们的感情，又补充道："梦薇的图很是精妙，取名为《俞楼秋集图》也很应景。若多年后另建小楼存放这些旧迹，再挂上'俞楼'匾也不迟。"

放下笔，俞樾又读了一遍，估计学生们能领会自己的用意后，便将信寄了出去。但俞樾没想到的是，自己的无心之语，竟让俞楼几年后成为现实。

原来，身处杭州的学生们围坐在一起读完信后，其中一名叫徐琪的学生提议："老师年年来杭州授课，却没有自己的房子。不如我们一起为老师建一个真正的俞楼吧，这样我们也多了一个地方和老师相聚。"在场的学生们一听，立刻举双手赞同，并推举徐琪做承办人。

彭玉麟听说建俞楼的事情后，秉着"荫甫的事就是我的事"的原则，一休假也赶来俞楼添砖加瓦，力求每个地方都能尽善尽美。

俞楼

不得不说，彭玉麟是一个讲求高质量生活的人。在俞楼逛了一圈后，便发觉楼前的小院子略显空旷，如果再造一座假山就完美了。隔日，彭玉麟就穿着短衣，戴顶小斗笠，站在院中指挥士兵们运石造山。

就这样，俞楼在彭玉麟和精舍学生的共同努力下顺利完工了。从此，孤山南麓，六一泉边那座精巧雅致的建筑无人不知、无人不晓。俞樾也将大家的付出看在眼里，记在心里。入住俞楼后，将楼内精巧的景致写成组诗《俞楼诗纪》，其中一首《俞楼》道尽了心中的欣喜：

> 陶庐谢墅总千秋，如我微名岂足留。
> 行到白沙堤尽处，居然人尽识俞楼。

参考文献

1.〔清〕俞樾:《春在堂诗编》,载《续修四库全书》集部第1551册,上海古籍出版社,2002年。

2.〔清〕俞樾著,徐明、文青校点:《春在堂随笔》,辽宁教育出版社,2001年。

3.王国平主编:《西湖文献集成》,杭州出版社,2004年。

4.徐澂编撰:《俞曲园先生年谱》,载《儒藏》史部第97册,四川大学出版社,2007年.

5.〔清〕俞樾著,沈松泉标点:《俞曲园先生书札》,华东书局,1926年。

【附录】杭州历代诗词曲集粹存目

一城诗韵

HANG ZHOU

一城诗韵 **HANG ZHOU**

218

丛书编辑部

艾晓静　包可汗　安蓉泉　李方存　杨　流
杨海燕　肖华燕　吴云倩　何晓原　张美虎
陈　波　陈炯磊　尚佐文　周小忠　胡征宇
姜青青　钱登科　郭泰鸿　陶文杰　潘韶京
（按姓氏笔画排序）

特别鸣谢

王其煌　邵　群　洪尚之　张慧琴（系列专家组）
魏皓奔　赵一新　孙玉卿（综合专家组）
夏　烈　郭　梅（文艺评论家审读组）

图片作者

于广明　张　煜　周兔英　姚建英　蒋　跃
（按姓氏笔画排序）